화요일의 강

아시아에서는 《바이링궐 에디션 한국 대표 소설》을 기획하여 한국의 우수한 문학을 주제별로 엄선해 국내외 독자들에게 소개합니다. 이 기획은 국내외 우수한 번역가들이 참여하여 원작의 품격을 최대한 살렸습니다. 문학을 통해 아시아의 정체성과 가치를 살피는 데 주력해 온 아시아는 한국인의 삶을 넓고 깊게 이해하는 데 이 기획이 기여하기를 기대합니다.

Asia Publishers presents some of the very best modern Korean literature to readers worldwide through its new Korean literature series 〈Bilingual Edition Modern Korean Literature〉. We are proud and happy to offer it in the most authoritative translation by renowned translators of Korean literature. We hope that this series helps to build solid bridges between citizens of the world and Koreans through a rich in-depth understanding of Korea.

바이링궐 에디션 한국 대표 소설 080

Bi-lingual Edition Modern Korean Literature 080

Tuesday River

손홍규
화요일의 강

Son Hong-gyu

ASIA
PUBLISHERS

Contents

화요일의 강   007

Tuesday River

해설   093

Afterword

비평의 목소리   105

Critical Acclaim

작가 소개   116

About the Author

화요일의 강

Tuesday River

그는 얌전하고 바른 사내였다. 여느 포클레인 기사처럼 여름의 열기와 겨울의 냉기를 좁은 운전석에서 고스란히 견디는 동안 새까맣게 타고 홀쭉해졌지만 중장비 학원에 다니기 전이었던 고등학생 시절까지만 해도 그는 강변에서 가장 피부가 곱고 하얀 소년이었다. 그는 강에 사로잡히지 않은 유일한 소년이기도 했다. 그의 동년배들은 그들의 형, 아버지, 할아버지가 그랬던 것처럼 팔뚝에 알통이 박힐 무렵이면 기이한 열정에 사로잡혔다. 그들은 강이 부르는 소리를 흘려듣지 못했다. 달이 뜨면 강은 축축한 팔을 뻗어 소년들을 둑으로 이

The son was a mild-mannered, upstanding man. Like all excavator operators, he'd turned dark and wan over the summers and winters he spent weathering the heat and cold in the cramped cab of the excavator. Until high school, though, before he'd gone to school for heavy equipment operation, he'd had the softest, whitest skin on the river. He was also the only boy who hadn't been taken captive by the river. Like their brothers, fathers, and grandfathers before them, boys his age were taken over by an odd passion around the time the muscles on their arms began to show. They just couldn't tune out the call of the river. When the

9

끌었다. 그들은 맨발로 성큼성큼 걷다가 둑 아래에서 숨을 한 번 고른 뒤 네발짐승처럼 능숙하고 날렵하게 둑의 비탈면을 기어올라 그 위에서 달빛이 일렁이는 강을 내려다보았다. 겨드랑에 끼고 온 술병을 돌려가며 마시고는 소리 높여 노래를 부르거나 허공을 향해 삿대질을 했다. 이윽고 밤이 깊고 달빛마저 초저녁의 날카로움을 잃어 부드러워지면 몸속에 부레가 생긴 그들은 여인의 품에 뛰어들듯 속옷까지 벗어던진 채 사납게 강물 속으로 자맥질해 들어갔다. 그들은 강 속에 무언가가 있다고 믿었다. 발목을 휘감는 차가운 손을 느꼈으며 사구에 푹푹 빠지는 발끝에 날카롭고 단단한 무언가가 닿는 걸 느꼈다. 그들은 강에서 빠져나와 넓은 모래톱을 가로질러 둑 위에 오른 뒤 물기가 걷힐 때까지 머물렀다. 방금 전까지 자신들을 사로잡았던 열정이 대체 무엇이었는지 가늠하다 섬뜩한 공포를 느낀 그들은 형, 아버지, 할아버지가 그랬듯이 공포를 잊기 위해 강을 조롱하며 소년들치고는 제법 상스러운 농담들을 주고받았다. 물기 마른 몸에 여전히 남은 모래를 손으로 후두두 털어낸 뒤 강둑을 떠난 그들은 강을 향해 성큼성

10

moon rose, the river stretched its dripping arms and led the boys down to the dam. Barefoot, they hurried down to the river in long strides, each took a deep breath under the dam, crawled the slope up to the dam as deftly and swiftly as a pack of wild animals, and then looked down at the river undulating in the moonlight. They would pass the bottle of liquor someone brought tucked under his armpit, and sang at the top of their lungs or shook their fists at the void. When the night grew deep and even the moonlight softened as it lost the harshness of the early evening, the boys seemed to grow swim bladders; they stripped themselves naked and dove into the river, their arms clawing savagely at the water, as though they were jumping into the arms of a woman. They believed there was something in the river. They felt the cold fingers wrap around their ankles and something hard and sharp poking back when their feet sunk into the underwater dunes. They left the river, crossed the wide sand bank, climbed back onto the dam and milled about there until they dried off. Trying to name the passion that had them captivated until just now, they'd feel a spine-chilling terror. Like their brothers, fathers, and grandfathers before

큼 걸어왔던 것처럼 보폭을 넓혀 마을과 집으로 돌아갔
지만 이전과는 분명히 다른 존재가 되어버렸다는 사실
을 깨달았으며 이러한 깨달음이 한평생 반복될 것이라
는 알 수 없는 예감에 쓸쓸해지곤 했다.

그는 강에서 돌아오는 벗들의 어두운 실루엣을 손가
락으로 헤아리며 저들을 사로잡은 열정이 왜 자신에게
는 샘솟지 않는지 헤아려보곤 했다. 그는 아버지 탓이
라고 생각했다가 어쩌면 어머니 탓일 수도 있다고 생각
—동생들 때문일 수도 있다는 생각은 한 번도 해보지
않았다—했다. 이런 식으로 생각을 거듭하면 종내는 누
구 탓인지 알 수 없게 되었으며 강변 사람들에게 변치
않고 유전되는 어떤 기질이 자신만을 비켜간 이유 또한
영영 알 수 없으리라는 데 이르렀다. 그는 자신이 누구
인지 알 수 없을 것만 같았다. 강 사람들은 자신의 근원
을 그곳에서 찾았으니까.

벗들은 그의 집 앞을 지날 때면 부러 목소리를 높였
다. 그의 이름을 부르기도 했지만 그가 집 밖으로 나오
길 바라지는 않았다. 그들은 방금 전 강을 조롱했듯이
그의 집을 똑같은 방식으로 조롱하려는 것이었다. 하지

them, they mocked the river and exchanged jokes too vulgar for their age to keep their fears at bay. Dusting off the sand that remained on their now dry bodies, they climbed down the dam and returned home to the village with the same long strides that had brought them to the river, cheerless in the knowledge that they had transformed into different beings and that they were doomed to face the same realizations time after time for the rest of their lives.

The son would count the dark silhouettes of his friends as they returned from the river, and wondered why the passion that had seized them had not taken him, too. At first he thought it was his father's fault, and then his mother's—it never once occurred to him to blame his siblings. After trying to place the blame on this person or that, he would no longer know who to blame and he would come to terms with the possibility that he might never understand why this trait, passed down unaltered among generations of river folks, had eluded only him. He thought he would never find out who he was because the river people found their origins in the river.

When the son's friends passed by his house, they

만 누구도 성공하지는 못했다. 그가 아무런 반응을 보이지 않아서가 아니라 그들이 스스로 정한 어떤 선을 결코 넘어오지 않기 때문이었다. 그는 벗들이 그보다 더 무례해질 수 없는 이유가 아버지 때문임을 잘 알았다. 그가 중장비 학원을 마치고 서해에 주둔한 어느 공병대에서 복무하고 돌아와 맨 처음 문을 두드렸던 골재 업체의 사장실에서도 그는 어김없이 아버지의 그림자를 만났다. 패널 벽에 붙은 낡은 선풍기가 털털거리며 돌아가고 달력의 한 귀퉁이가 미풍에 힘없이 너풀대던 사장실에서 그는 두 손을 모은 채 발밑에 서걱대는 모래를 느끼며 다소곳이 서 있었다. 그즈음 사십대 중반으로 볕에 그을려 단단한 인상을 지녔던 사장은 그가 누구인지 한눈에 알아보았다. 자네 아버지를 아네. 사장은 자신의 머리칼에 손가락을 집어넣어 모래를 털어내며 말했다. 패널로 지은 가건물은 두 개의 공간으로 구획되어 한쪽은 사장실 한쪽은 휴게실로 사용되었다. 휴게실에 있던 사람들 가운데 두 명이 그에게 말을 붙였다. 어디에서 배웠나? 이렇게 물은 사람은 페이로더 기사인 김이었다. 그가 무슨 뜻인지 몰라 눈을 껌벅거

talked louder on purpose. Sometimes they called his name, but did not expect him to come outside. Just as they'd mocked the river not long ago, they were mocking the son's house. But no one succeeded in getting to him, not because the son never responded to it, but because they never crossed the line they drew for themselves. The son knew that the reason his friends could not afford to be any ruder was his father. At his boss's office, at the aggregate company where he'd first applied for a job after completing his training at the heavy equipment school, and after fulfilling his military duty at a construction battalion on the western coast, his father's shadow followed him unfailingly. In the office where an old fan spun and sputtered and the calendar on the wall fluttered languidly in the gentle wind, the son stood shyly, his hands gathered together and his feet feeling the grains of sand scraping under his soles. The boss was in his forties at the time and seemed like a man hardened by years spent in the sun. He recognized the son at once. *I know your father*. He said as he shook sand out of his hair by running his fingers through it. The trailer office was divided into two spaces, an office and a rest area. Two people among those

렸다. 학원인가? 그 말에 그가 고개를 끄덕였다. 이 강에서 모래를 파먹고 사는 사람들 가운데 학원 출신은 자네 하나일 거야. 비웃는 소리로 들리지는 않았다. 포클레인 기사는 단지 몸살에 걸렸을 뿐인데 자네 덕분에 단박에 해고되어 버렸군. 이렇게 말한 사람은 준설선 기사인 박이었다. 그는 우물쭈물하며 그런 줄은 몰랐노라고 대답했다. 그들도 사장처럼 머리카락에 손을 집어넣어 모래를 털어냈다. 김과 박은 선별기가 선 작업장으로 그를 데리고 갔다. 진흙과 모래가 섞인 강물이 파이프 끝에서 폭포수처럼 떨어졌다. 그들은 길고 검은 무언가가 자신들 발치 앞으로 꿈틀대며 다가오는 걸 보았다. 박이 그 앞에 다가가 쭈그리고 앉았다. 장어네. 김이 끌탕을 했다. 여기에서 일한 뒤로 처음 보는 일이군. ……이게 길조인지 흉조인지. 박이 그 말을 받았다. 길조거나 흉조거나 강변식당 아주머니한테 넘기면 좋아하겠어. 박이 고개를 돌려 그를 보며 덧붙였다. 그 아주머니는 시집왔을 때부터 강에서 일하는 게 싫어 고양이처럼 굴었다네. 무섭다며 강에 가지는 않고 성난 고양이처럼 잡아온 물고기만 날름 받아먹었지.

resting in the other room struck up a conversation with him. *Where did you learn?* Kim the payloader operator asked. The son blinked, not knowing what he meant. *Did you go to a school for it?* He asked. The son nodded. *Among us folks who make a living digging up the river, you're the only one who learned it at a school.* It didn't sound derisive. *The excavator operator only got the flu, but I guess he's fired now thanks to you*, said Park, a dredging ship operator. The son mumbled that he hadn't meant for that to happen. They ran their fingers through their hair and shook sand out of it like the boss did. Kim and Park took the son down to the site where the sorter was. The river water mixed with mud and sand gushed out of the pipe like a waterfall. They saw something long and black wiggling its way toward them. *It's an eel.* Kim clicked his tongue. *It's the first time I've ever seen an eel since I started work here. I don't know if this is auspicious or ominous.* Park replied, *Either way, the lady at the Riverside Pub's gonna love this. She's like a cat, see?* Park explained to the son. *Ever since she married and moved here, she didn't like to work on the river. So she acted like a cat—scared of the water but will take the fish off your hands.*

On his way home, the son finally realized what

그는 집으로 돌아오는 길에야 두 사람의 말에 담긴 속뜻을 깨달았다. 그들은 그에게 아버지의 피가 유전되었음을 상기하라고 경고했던 게 분명했다. 아버지는 아직도 이 강에 살아 있다.

　그날 이후로 그 역시 사장과 다른 직원들처럼 온몸에서 모래를 털어내게 되었다. 모래는 어디에서나 나왔다. 다 털어냈다고 생각하면 단춧구멍에서 옷의 접힌 부분에서 혹은 운동화 깔창 아래서 몇 알갱이의 모래를 찾아내곤 했다. 그는 스스로 동생들과 밥상을 달리했다. 작은 상에 자신의 밥그릇과 국그릇을 옮겨놓고 쑥욱 팔을 뻗어 동생들의 밥상 위에서 김치나 무말랭이 같은 반찬들을 가져다 먹었다. 처음에는 이런 식사를 불편해하던 동생들도 이내 익숙해져 더는 아무 말도 하지 않았다. 막내가 이런 말을 하기는 했다. 적어도 아버지는 모래를 집 안으로 끌어들이지는 않았어. 입 안에서 모래가 씹히는 경우도 많았다. 굵은 모래라면 당연히 뱉어냈지만 입도가 작은 곱고 가는 모래라면 타액과 엉킨 그것들을 혀로 굴리다가 꿀꺽 삼켜버리기도 했다. 그는 몸속 어딘가에 모래집이 있어 삼킨 모래 알갱이들

the two men had been trying to tell him. It was clear they were warning him that the blood of his father flowed in him as well. That his father lived on in the river.

Like the boss and the other workers, the son began to find sand on every part of his body from the day he started working on the river. Sand turned up everywhere. Just when he thought he'd shaken off the last bit, he'd find a few grains in his buttonholes, the folds of his clothes, or under the insole of his shoes. He decided to take his meals on a table separate from his younger siblings. He put his bowls of rice and soup on a separate floor table and reached over to his siblings' table for *kimchi*, dried pickled radish, and other dishes. His siblings were uncomfortable with this arrangement at first, but soon got used to it and never brought it up again. But the youngest did say, *At least Father never tracked sand into the house.* They would sometimes find sand in their food as well. If the grain was big, they would, of course, spit it out. But when the grain was small, they'd push the sand around in their mouths, mix it with their food and saliva, and swallow all of it down. He imagined a gizzard inside him somewhere, collecting all the sand he'd

이 그 안에 차곡차곡 쌓이는 거라고 상상했다. 그의 방
창문은—어린 시절에도 그러했듯이—강 쪽으로 났다.
방에 누운 채 창을 통해 올려다본 하늘은 강의 복사물
처럼 여겨졌다. 창을 통해 수시로 물안개가 밀려 들어
왔고 고요하고 깊은 밤이면 나직한 물소리가 달빛과 함
께 끊임없이 갈마들었다. 그 소리와 빛을 안주로 삼는
사람도 있었다. 마을 초입의 오래된 슈퍼의 안채에 사
는 노인이 그런 사람이었다. 소년이었던 그는 노인을
따라 낚시를 가곤 했다. 노인은 그에게 아무 말도 하지
않았고 그 역시 노인에게 말을 붙이지 않았다. 후사가
없는 사람을 공대하지 않던 오랜 관습의 영향이었는지
그의 또래들은 노인을 어려워하지 않았다. 하지만 그
외에는 누구도 노인에게 가까이 가지도 않았다. 그는
노인의 낚싯대처럼 늘 그 뒤를 따라 다니는 소문 때문
이라는 걸 잘 알았다. 소문은 노인의 어깨 위로 비스듬
히 호를 그리며 뒤로 늘어져 낭창낭창 흔들리는 대나무
낚싯대의 끄트머리를 오래 바라보았을 때처럼 어질머
리가 나는 것이었다. 누구에게 탯줄을 받았는지는 모르
지만 노인의 핏줄임이 분명한 딸이 있었다. 어미는 전

swallowed.

The window in his room faced the river, as it had when he was young. When he lay in his room and looked up at the sky through his window, the sky seemed like a mirror image of the river. The water mist often drifted into his room from the river, and in the stillness of the deep night, the soft murmur of the water and the moonlight rippled endlessly. Some people drank to the sound and the light.

The old man who lived in the back room of the old mom-and-pop store at the entrance of the village was one such person. When the son was young, he would follow the old man fishing. The old man never said a word to him, and the son never tried to chat with him. Perhaps, because of old customs where those without offspring were treated without respect, the son's peers didn't seem ill at ease around the old man. But no one other than the son went near him. He knew this was because of the rumors that always accompanied the old man like the fishing poles. The rumor dizzied the son as much as when he'd been staring too long at the tip of the old man's bamboo fishing pole bouncing and drawing a parabola over the old man's shoulder.

쟁 뒤 행방이 묘연해졌다고 한다. 그 시절 청년이었던 노인은 왜가리가 알을 품듯 딸을 품고 살았다. 어느새 딸이 자라 강에 어울리는 처녀가 되었다. 노인은 자주 딸과 더불어 강가를 거닐었는데 그럴 때의 부녀는 부부처럼 정다웠다고 한다. 어느 해 큰물이 났을 때 노인의 딸은 강물에 휩쓸렸다—그 뒤로 아버지가 낚싯대를 강에 드리우면 물속에 사는 딸이 잠에서 깨어나 팔뚝만한 꺽지나 붕어를 바늘에 끼워준다고 해. 그는 이렇게 동생들에게 말해 주었다. 세 남매는 강기슭에 앉아 노을이 내려앉은 강을 보고 있었다. 아, 그럼 할아버지는 잃어버린 딸을 낚으려고 그렇게 날마다 강에 나가 낚시를 하는 거구나. 이렇게 말했던 게 여동생이었는지 막내인 남동생이었는지는 헷갈렸다. 그는 무릎을 끌어당겨 턱을 괸 채 아마도 그럴 것이라고 답해 주었다. 그때 막내가 그와 똑같이 무릎을 끌어당겨 턱을 괴었다. 여동생이 막내에게 면박을 주었다. 얘는 오빠가 하는 거라면 뭐든 따라하려고 해. 그러자 막내가 배시시 웃었다. 난 형이 하는 건 뭐든지 멋있어. 그는 쑥스러워하며 막내에게 되물었다. 형이 그렇게 멋있어? 막내는 허리

22

The old man had had a daughter. It wasn't clear who had once been on the other end of her umbilical cord, but there was no doubt she was the old man's daughter. The mother's whereabouts had become untraceable after the war. At the time, the old man was a young man who kept his daughter wrapped under his wings like a heron brooding its egg. The child grew and became a young woman who seemed right at home on the river. The old man often went for strolls along the river with his daughter, the father and daughter as devoted to each other as though they were a couple. One year, a great flood came and the river swept his daughter away.

Since then, each time the old man casts his line in the river, the daughter wakes up again and hooks a carp the size of a forearm on his line, the son told his younger siblings. The three children sat on the riverbank and looked at the evening light cast on the river. *So the old man goes down to the river every day to find the daughter he lost.* The son couldn't remember if it was his sister or brother who'd said that. He only remembers drawing his legs together and resting his chin on his knees, and saying, *Probably.* The youngest also drew his legs together and put his

를 펴고 힘차게 고개를 끄덕였다. 응. 그러나 이제 노인은 낚시하러 다니지 않으며 막내는 그를 흉내 내려 하지 않는다. 노인의 딸도 어디론가 사라졌다. 강 위로 구름이 지나면서 옅은 그림자가 강물 위에 어른거리면 강바닥을 스치듯 헤엄치는 노인의 딸일지도 모른다는 생각에 덜컥 겁이 나 움츠러들었던 그 역시 이제는 없다. 누구라도 그게 사람이라면 인생의 길목 어딘가에서 한 번쯤은 파괴된 적이 있을 거였다. 그는 지금 이 순간이 자신에게는 그런 때라고 여겼다. 손가락 사이로 빠져나가는 모래처럼 산산이 부서져 흘러내리는 자신을 보는 기분이었다. 몇 해 전 보를 건설하는 공사가 시작된 뒤부터 아니 더 거슬러 올라가 한때 아버지 밑에서 일한 적이 있다는 사장에 이끌려 포클레인에 올라 시동을 걸었던 그 순간부터 아니 그가 중장비 학원에 등록하기 위해 집을 나설 때 안주머니에 넣어두었던 돈 봉투를 외투 위로 쓰다듬어보던 차갑던 겨울날 새벽부터…… 그러나 확실한 건 기원이 아니라 그가 태어나기도 전부터 강바닥에서 모래를 끌어 올렸던 아버지 역시 파괴되었다는 사실…… 그에게 사람은 누구라도 한 번쯤은

chin on his knees. His sister picked on him, *He does everything older brother does.* The youngest grinned, *Everything he does looks cool.* Bashful, the son asked his brother, *You really think I'm cool?* His brother straightened up and nodded enthusiastically, *Yes.*

But now, the old man no longer goes fishing and his younger brother no longer wants to do everything he does. The old man's daughter has also vanished. There was a time when the cloud casting faint shadows on the river frightened him and made him shrink back, imagining the old man's daughter caressing the riverbed as she swam. But that boy was gone. Somewhere down the line, these things are destroyed for every human being, no matter who. He believed that he was living that moment right now. He felt as though he was seeing himself weather away into a million pieces and slip through his fingers like sand. It happened a few years ago when the reservoir construction began, or perhaps further back, when the boss who said he'd once worked for the son's father led him into the cab of the excavator, and the son turned the ignition for the first time. Or, it happened back on the cold winter morning when he pressed his palm over his coat to feel the envelope of money

파괴될 수밖에 없는 노릇이라는 숙명적인 관념을 심어 주었던 아버지에게서 이 모든 파괴가 비롯되었다는 사실뿐이었다. 그의 아버지는 자신들을 강이 실어 나른 퇴적물처럼 여겼던 고향 사람들과 마찬가지로 스스로를 세월에 짓눌려 단단해진 대지라고 여겼다. 강을 끼고 살았으나 강에 명줄을 대고 살지는 않았다. 그의 집안은 대대로 강에서 물을 끌어다 농사를 지었고 기껏해야 강을 빨래터나 멱을 감는 곳으로 여겼다. 강은 마을 앞 느티나무처럼 대수롭지 않은 하나의 사물이었고 강의 상류와 하류 혹은 그들이 속한 중류—마을 사람들이 곧잘 강의 배꼽이라 빗대어 말하길 즐겼던—어디에도 심각한 역사는 깃들지 않았다. 그가 성인이 되어서야 어렴풋이 깨달았던 비극은 전쟁 중에 강이 전선을 이루었고 그 탓에 강의 이쪽과 저쪽이 이념적으로 대립하던 시절이 있었다는 것뿐이다. 하지만 그에게 비극은 선조들의 것이었다. 딸이 대신 낚아준 물고기를 망태에 담아 돌아와 우물가에 주저앉아 정성스레 손질을 한 뒤 어탕을 끓여 밤새 홀로 술잔을 기울이던 슈퍼 안채의 노인처럼 삶은 구체적이게도 허기를 자극하는 냄새나

he put in his inside breast pocket on his way to sign up for his course at the heavy equipment school. What he knew for certain was not the starting point of his erosion, but that his father, who'd been digging sand up from the river since well before the son had been born, had also been broken, and that all of this destruction had come from his father who'd planted the fatalistic idea in the son's head that all human beings are bound to be broken at least once in their lives. Like the hometown folks who thought of themselves as sediment carried along by the river, his father saw himself as the earth, packed down hard under the weight of time. They lived with the river but did not sink their lives in it. His family had been farmers who drew water from the river and thought of the river as a place for washing clothes and swimming. To them, the river was just another part of the village landscape, no more important than the willow in the front of the village. There had been no important history that had taken place in the upper stream, mouth, or middle of the river—or, the belly of the river, as the village people liked to call it. The only time the river had been part of any tragedy was during the war when the river had been a

는 물질이었다.

강은 넓은 범람원을 양쪽으로 낀 채 북에서 남으로 흘렀고 그의 마을 북쪽에는 강으로 흘러드는 지류인 샛강이 있었다. 그가 태어나기 전 어느 해 여름 장마에 큰물이 났다. 노인의 딸이 휩쓸려갔다던 그 홍수를 일컫는지도 모른다. 강물이 지류로 역류하면서 마을 북쪽의 자연제방을 타고 넘어왔다. 밤이 깊은 시각이었고 아무도 그런 사실을 눈치채지 못했다. 아니, 단 한 사람 그의 아버지만은 알았는지도 모른다. 모두 세 명이 실종됐다. 그 가운데 한 명은 노인의 딸일지도 모르며 두 명은 확실히 그의 조부모였다. 이런 사실을 어린 시절부터 들어 알았던 그는 횡사라고 표현할 수밖에 없었던 조부모의 죽음을 비극으로 분류하지는 않았다. 차라리 어린 그에게 매혹적이었던 건 젊고 싱싱했을 생명의 죽음이 불러일으키는 기묘한 동경이었다. 노인의 딸은 죽었으나 아버지는 살았다. 아버지가 조금은 비열하게 여겨졌다. 그의 조부모는 배수로에 빠져 익사했던 게 분명했다. 조부모의 시신은 좁은 배수로에 갇힌 채 제자리를 맴돌다 강물이 빠져나갈 때 강으로 통하는 배수구를 통

28

front and ideological borderline that divided this side of the river and that. This all occurred to him only after he'd become an adult.

But the tragedy belonged to his ancestors. Like the routine of the old man in the back room of the mom-and-pop store, who would bring home the fish his daughter caught for him in a bag made of loosely woven straw, then squat by the well and carefully gut and scale the fish, and make fish soup to go with his drinks, life was a substance with a smell that stirred particular hungers.

The river flowed from north to south with wide flood plains on both sides, and with tributaries lying north of the village. One summer before the son was born, the river swelled during the summer monsoon. It may have been the same flood that took the old man's daughter away. The river backed up the tributaries and flooded the natural dam to the north of the village. It was late at night and no one had realized what was happening. Perhaps just one person—the father—had known. Three people went missing. Perhaps the old man's daughter was one of them, but the other two were definitely the son's grandparents. Having heard this story since he was a child, the son did not catego-

해 강심으로 옮겨진 뒤 먼 하류까지 흘러갔을 것이다. 그가 태어났을 무렵 조부모는 살아 있지 않았으므로 그에게 가계는 실체가 아닌 소문으로만 존재했다. 조부모는 먼 과거와 다르지 않았다. 그의 기원인 동시에 기원이 아닌 모순적이면서도 정합적인 하나의 소문.

그러나 그의 아버지에게 그것은 명백하게도 비극인 동시에 역사였다. 스스로 겪은 역사만큼 끈질긴 게 없다는 걸 아버지는 증명해 주었다. 아버지는 역사에 참여했기에 역사의 일부분이었고 역사를 부정하기 위해서는 스스로를 부정하지 않을 수 없었다. 그의 아버지는 피해를 입지 않은 구릉지의 논밭을 포함해 집안의 농토를 모두 팔아버렸다. 습지가 되어 갈밭으로 변한 과거의 농토 위에서 하염없이 울다가 문득 눈물을 그친 뒤 행한 첫 번째 일이었다. 일가의 만류가 없었다면 그의 아버지는 선산조차 기꺼이 내다 팔아버렸을 거였다. 어느 먼 곳 지류에 첫 준설선이 나타난 이후로 그즈음 고향의 강에서도 드물기는 했으나 미국이나 일본에서 수입한 중고 준설선을 볼 수 있었다. 그해 큰물의 원인은 무분별한 모래 채취 때문이었다. 여기저기 강바닥과

rize the death of his grandparents, which one could only describe as accidental, under the heading of "tragedy." What enchanted the young son about this story was his fascination with the death of a life so young and vivacious. The old man's daughter died, but his father had survived. To the son, his father seemed like a coward. It was clear the grandparents had drowned in the drain. Trapped in the drain, their bodies had most likely circled the same spot until they flowed into the heart of the river through the dam's drainage pipe when the water drained. Then, they'd floated down to the mouth of the river far away. As his grandparents were no longer alive by the time he was born, the family tree was just a rumor for the son, rather than something with substance. The grandparents were no different from some distant past. An ironic rumor that was the son's origin but at the same time not.

But to the father, the story clearly was a tragedy and history. The father was proof that there was nothing as imperishable as the history one has witnessed. The father was part of that history because he'd participated in it. To deny that history would be to deny his own existence. The father sold all of

둔치를 파헤친 탓에 강 속 사구들이 무너져 부유하던 모래들이 때마침 내린 비로 거세어진 난류에 휩쓸린 진흙과 더불어 강을 가득 메워 곳곳에서 강물이 제방을 넘었다.

그의 아버지는 당장에라도 준설선을 뒤집어 엎어버릴 것만 같았다. 사흘 동안 그의 아버지는 강둑에 올라 안전한 곳에 닻을 내린 채 대피해 있던 준설선들을 노려보았다. 한 달 뒤 강변 사람들은 놀라운 광경을 목격했다. 80톤짜리 준설선 이물에 허릿장을 지른 채 짝다리를 짚고 선 사내가 누구인지 알게 되었을 때 사람들은 불길한 예감에 사로잡혔다. 그들이 날 때부터 물려받았으며 강과 더불어 살면서 단련되었던 바로 그 예감이 그의 아버지가 탄 준설선처럼 하류에서부터 강 표면에 날카로운 궤적을 남기며 침착하면서도 집요하게 거슬러 올라왔던 것이다.

그의 아버지는 마을 앞을 흐르는 강에서 1년에 30만 루베의 모래 채취권을 얻었다. 그러나 사람들은 그의 아버지가 족히 100만 루베의 모래를 채취했을 거라고 믿어 의심치 않았다. 준설선은 하루 종일 강바닥에서

the land the family had farmed, including the paddies and fields in the hills that had not been damaged by the flood. That was the first thing he did after he abruptly stopped weeping in their family's former farmland that had turned into a swamp and overrun with reeds. If it had not been for the vehement objections of his relatives, he would have also sold the family cemetery hill in a heartbeat. After the appearance of the first dredging ship in a far-off tributary, one could, on rare occasions, spot a dredging ship bought secondhand from America or Japan on his hometown river. The reason behind the flood that summer was the indiscriminate dredging. With the riverbeds and riverbanks dug up here and there, the loose sand from the underwater dune had collapsed and combined with the mud. It had washed downstream in the heavy rain and filled the river, flooding areas throughout the village.

The father had seemed about ready to go down to the river and sink the dredging ship. For three days, the father climbed up the dam and glared at the dredging ship that had dropped anchor at a safe place in preparation for the monsoon. A month later, the river villagers witnessed something

모래를 끌어올렸고 둔치에 설치된 선별기는 밤새 돌아 갔지만 그 옆 야적장의 강모래는 줄어들지 않았다. 선별된 모래는 쌓이기가 무섭게 덤프트럭들이 실어갔고 마을은 겨울이 올 때까지 뿌연 비산 먼지에 휩싸였다. 안개에 섞인 모래 먼지들을 호흡하면서 사람들은 자신들이 모래무지가 되어 버린 듯한 기분이 들곤 했다. 그의 아버지는 할 수만 있다면 100만 루베가 아니라 1,000만 루베의 모래라도 파냈을 것이다. 적진 한가운데로 뛰어드는 돌격대원처럼 날마다 강으로 출근했고 밤이 깊어서야 돌아왔다. 잠자리에 누우면 미처 파내지 못한 모래를 생각하는지 분노가 섞인 신음을 냈고 눈을 뜨면 조금도 지체하지 않고 벌떡 일어나 방문을 열고 나가 마루 끝에 서서 강 쪽을 바라보았다. 밤새 누가 강을 훔쳐가지는 않았는지 걱정하는 것처럼 보였다.

한겨울에도 그의 아버지는 쉬지 않았다. 준설선의 펌프는 아침부터 저녁까지 강바닥에서 흡입한 물과 모래를 둥근 관을 통해 그대로 둔치까지 밀어냈다. 무서운 기세로 관을 빠져나온 모래가 물과 함께 강으로 떠내려가기라도 하면 그의 아버지는 주위에 누가 있든—그게

shocking. When they realized who the man standing akimbo on the bow of the 80-ton dredging ship was, they began to have premonitions about what was to come. This premonition, inherited at birth and sharpened by the life they'd spent on the water, swam calmly and insistently up the river, leaving in its wake a clear trace of its trajectory, like the dredging ship itself that the father now stood on.

After signing aboard the dredging company, the father received a dredging permit of 300,000 cubic meters per year for the village river. But no one doubted he actually collected over a million cubic meters of sand that year. The dredging ship dug up sand from the riverbed all day and the riverbank sorter ran all night—and yet the piles of river sand in the storage yard nearby never seemed to shrink. The sorted sand was shipped out in trucks as soon as the smallest pile formed, and so the village sat in a cloud of sandy dust that would not settle until winter. Inhaling sand particles caught in the mist, the villagers themselves began to feel as though they themselves were turning into heaps of sand. The father would have dug up not just a million, but ten million cubic meters of sand if he could. He

페이로더 기사이거나 미니로더 기사이거나 혹은 거래처 사장이거나 상관없이—분을 참지 못하며 발을 동동 굴렀다. 채취 지역의 모래가 어디론가 달아날까 봐 안절부절못하는 그의 아버지 때문에 포클레인 기사는 제방을 수시로 보수해야 했고 모래를 싣고 갈 트럭이 오면 미니로더 옆에서 상차 작업을 거들어야 했다. 그의 아버지와 함께 일하는 사람들은 다른 누구도 아닌 자신들의 사장을 닮아갔다. 그들은 일과 관련된 말이 아니면 작업 도중에 잡담조차 나누지 않았으며—날마다 한계치를 초과한 작업 때문에 더 크게 그르렁 소리를 내는 중장비들의 엔진음에 묻힐 게 뻔했지만—점점 얼굴이 붉어졌다. 일을 마치고 각자의 집에 돌아가면 그의 아버지와 마찬가지로 다음 날 해낼 작업 생각에 치를 떨다가 신음을 흘리며 잠들었다. 하지만 그의 아버지와 함께 일하는 사람들은 단 한 번도 명령을 거역하거나 뒤에서 불만을 토로하지 않았다. 그의 아버지는 다른 채취업자들처럼 강바닥을 2미터 이상 파 들어갈 수 없다는 규정을 수시로 어기며 4미터 가까이 파헤치는 것으로도 모자라 깊게는 6미터 혹은 7미터까지도 흡입관

went down to the river every day like a storm trooper charging headlong into enemy lines and then returned late at night. When he lay down to sleep, he groaned as though he was thinking about all the sand he'd been unable to collect that day, and when he opened his eyes in the morning, he jumped out of bed without a moment's delay to look out at the river from the porch. He looked like he was making sure no one had stolen the river in the night.

Even in the dead of winter, the father did not rest. Day and night, the dredging ship pumped the sand and water from the bottom of the river up to the riverbank. If the sand happened to sweep back into the river after spitting out onto the riverbank at a frightening speed, the father flew into a rage and took his anger out on whoever was near him, be it a payloader operator, a mini loader operator, or a client. Because of his anxiety over losing the smallest grain of sand from the dredging area, the excavator operator was constantly repairing dikes and helping the mini loader with the loading jobs when the trucks came to ship the sand away. The employees started to take after their boss. No one said a word to each other that wasn't related to

을 들이댔다. 만약 그 아래 지구의 중심에도 모래가 있었다면 그의 아버지는 거기까지도 파 들어가고 말았을 것이다.

그의 아버지는 이처럼 강의 무법자였지만 동시에 누구보다 열렬한 법의 수호자이기도 했다. 직원의 월급을 꼬박꼬박 지불했으며 보너스를 다른 업체의 두 배로 지급했다. 면 소재지에 불과했던 마을 주변으로 농공 단지가 들어서게 된 것도 그의 아버지가 사방으로 분주하게 뛰어다닌 결과였다. 마을 사람들을 이해시키고 설득한 끝에 인부들의 숙소를 비롯해 도로를 닦거나 공단 건물 건설과 관련된 여러 편의를 제공했다. 강에서 채취한 모래에서 분리된 흙을 매립토로 제공했으며 늦은 밤까지 이어지는 인부들의 술판이나 화투판에서 몇 푼의 돈을 잃어주었고 그들 사이에 험악한 싸움이 벌어지면 원만히 합의할 수 있도록 중재를 했다. 그의 아버지는 정치인들에게 아낌없이 뇌물을 주었고 각종 공사와 관련된 이권을 지역 유지들이 누릴 수 있도록 해 주었다. 그러나 정작 자신은 아무것도 바라지 않았다. 오직 강에서 모래를 채취할 수 있는 권한—사실은 주어진 권

work, even if whatever they were saying would have been buried under the roaring of the machinery, growing louder as the diggers pushed it beyond its limits each passing day. Their faces grew red as they worked.

Back at home, they fell asleep the same way the father did—shuddering and groaning at the thought of the work that lay ahead of them. But the people who worked with him never once disobeyed his orders or complained about him behind his back. Like other dredgers, the father often ignored the regulation that sand could not be collected from deeper than two meters below the riverbed. They shoved the pipe four meters down, sometimes even six or seven. If there'd been sand in the center of the earth, he'd have dug all the way down there to collect it.

The father was a lawless man on the river, but played strictly by the rules in other areas. His always paid his employees on time, and gave them bonuses that were twice the amount that other companies offered. It was also thanks to the father's hard work that an industrial complex was established in their country village. He ran around the village convincing villagers to have workers' board-

한을 넘어 천만 루베의 모래를 채취한다 해도 아무도 간섭할 수 없는 무제한의 권한─에 만족했다.

강을 가로지르는 다리와 그 다리의 양쪽 끝에서 도시로 이어지는 도로가 놓였다. 일제 시대부터 유원지로 개발되었던 강변의 한 야산에는 야외 수영장이 들어섰고 위락 단지가 그 옆에 조성되었다. 면 소재지에 불과했던 마을이 소읍이라 불러도 좋을 만큼 번성했다. 사람들은 이런 변화를 체감하면서 자신들을 사로잡았던 불길한 예감에서 어느 정도 놓여났음을 깨달았다. 대다수 농촌 마을이 급속히 몰락해 가던 그 시절에 마을의 도약은 경이롭기까지 했다. 해 질 무렵 날벌레를 노려 강 위로 뛰어오르는 물고기처럼 사람들은 마을의 포장된 도로를 뛰어다녔다. 그 시절에는 누구나 맹수였다. 누구나 돈을 사냥할 수 있었고 누구나 마을을 떠나지 않고도 살아갈 수 있다는 사실에 만족했다.

이런 변화의 중심에 섰던 그의 아버지는 외려 중심에서 한 걸음 벗어난 듯 보였다. 중심에 있으면서도 중심에서 비켜설 수 있는 건 그의 아버지만의 능력이었다. 이런 경우를 제외하고 그의 아버지는 모든 능력을 줄기

ing houses, roads, factory buildings, and other facilities built. He offered soil separated from the sand he'd dredged as material for land reclamation, let his workers win money off him when they drank and played cards all night, and, when serious fights broke out among them, the father played mediator and convinced them all to settle. He bribed politicians unsparingly and was sure to secure certain construction perks for the local landowners. But he wanted nothing for himself. He was satisfied with his right to dredge sand from the river. He could dig ten million cubic meters of sand from the river and no one could stop him.

Builders constructed a bridge over the river, completing the road that led to the city. An outdoor pool was built on a hill near the river that had been developed as an amusement park during the Japanese Occupation with adult recreational facilities forming next to it. The country village had now prospered enough to be called a town. As the villagers felt these tangible changes, they realized they had somewhat shaken off the premonitions they'd had before. At a time when most farming villages were in decline, the prosperity of their town was spectacular. Like fish leaping out of the

차게 모래를 채취하는 데 썼다. 골재업 3년째 해의 어느 봄날 강을 들여다보던 그의 아버지는 손에 잡힐 듯 물속에서 높이 솟아오른 사구를 발견했다. 작은 보트라면 좌초할 수도 있을 만큼 커다란 사구였다. 공포가 그의 아버지의 가슴을 베며 지나갔다. 저 모래는 대체 어디에서 왔단 말이냐. 그는 아버지가 자주 이처럼 뇌까렸던 걸 기억했다. 그런 습관이 생긴 것도 아마 그 무렵부터였을 것이다.

하지만 그의 아버지는 좌절하기는커녕 투지를 불태웠다. 노을이 깔린 강처럼 그의 아버지도 붉게 번들거렸다. 그의 아버지는 다른 업체를 두 군데나 인수했다. 손을 털고 강을 떠나는 두 명의 사장은 그의 아버지의 불운을 기원했다. 그의 아버지는 호탕하게 웃었다. 그들의 저주에는 이렇게 응수해 주었다. 두고 보라지. 강이 이기나 내가 이기나.

그는 아버지를 사로잡았던 열정이 건강한 열정이 아니라 사실은 공포에서 비롯되었다는 걸 지금은 안다. 그런 사실을 아버지도 알았을 것이다. 그가 궁금했던 건 어떻게 아버지는 날마다 공포와 대면하면서도 도망

water at dusk to nab the nearby flying insects, people ran up and down the paved roads in the village. Back then, everyone had been like wild animals. Everyone could hunt for money and everyone was satisfied with a life that did not require moving to another village.

The father, who was instrumental to these changes, seemed rather removed from the center of it all. It was his special talent—to be the center without standing in the center. Besides this talent, all of his other talents were devoted to the inexhaustible task of collecting sand. One spring day three years into his aggregate business, he found an underwater dune so tall he could have dipped his hands in the water and touched it. The underwater dune was large enough to wreck a small boat. Terror tore into his heart. *Where had the sand come from?* The son remembered the father often murmuring to himself, a habit that started around this time as well.

But instead of being defeated, the father's conviction burned even brighter. Like the river glimmering in the evening sun, the father also burned red. He took over two other companies. The two owners threw in the towel and wished him ill luck

가지 않을 수 있었던가였다. 아버지는 어떤 방식으로 강을 바라보면서 배수진을 쳤던 것일까. 그는 알 수 없었다. 다만 아버지는 강에 둘러싸여 살았을 것이라고, 앞에도 강이 뒤에도 강이 있었을 것이라고 짐작할 뿐이었다.

골재업은 호황이었다. 관련 산업에서 처음으로 찾아온 호경기였고 업체들은 지속적으로 늘어났다. 그러나 누구도 그의 아버지만큼 성공적이지는 못했다. 그의 아버지에게 속한 것들은 하나같이 야수처럼 사나웠다. 1천 마력의 준설선들은 석유 시추선보다 늠름했으며 둔치에 늘어선 선별기는 거인을 연상시켰다. 야적장을 드나드는 트럭들이 일으키는 먼지를 잠재우기 위해 살수차가 물을 뿌리며 오갔고 미니로더와 페이로더가 버킷 가득 모래를 싣고 분주히 제자리를 맴돌았으며 경유를 실은 기관보트가 날렵하게 준설선들을 찾아다니며 기름을 보급했다. 그리고 강은 유유히 흘렀다.

그의 아버지가 처음 모래를 채취하던 때나 그때나 강은 별다르지 않았다. 강은 물로만 이루어지지 않았다. 제 안에 언제든 하류로 싣고 갈 수 있는 유동적인 바닥

as they left. He laughed heartily. Their curses were met with, *We'll see who wins in the end—that river or me.*

The son now knew that the passion that had seized his father was not a healthy one, but one rooted in terror. The father probably knew this as well. What he wondered was how his father was able to face his terror every day without running away. How had he managed to fight the river each day with no way to retreat? The son did not know. He only assumed his father's life revolved around the river, and that it began and would end with it.

His aggregate business was booming. It was the first boom for the industry, and more companies began to spring up. But none were as successful as the father's. Everything that belonged to the father was as fierce and tenacious as wild animals. The 1,000 horsepower dredging ship was statelier than the oil drilling ship, and the sorter on the riverbank looked like a giant. To settle the dust caused by the trucks that drove in and out of the storage yard, the water sprinkler truck sprayed the area, while the mini loader and the payloader busily circled the storage yard with their buckets full of sand, and the motor boat carrying diesel gas darted from dredg-

을 품었으며 그 바닥이야말로 그의 아버지가 닿고자 하는 목표였다. 바닥을 드러낸 강. 한 톨의 모래도 없는 매끈하고 순종적인 강이 그의 아버지가 정복하여 얻으려는 것이었다. 강과 조화롭게 살기로 마음먹은 누군가에게는 파내고 파내어도 끝없이 샘솟는 모래가 든든한 미래처럼 여겨질 것이다. 그러나 강바닥을 송두리째 들어내 다시는 둑을 넘을 수 없을 만큼—강은 강이로되 얌전하게 지하로 흐르는 강이나 마찬가지가 되기를 바라는 누군가에게 저 모래는 강의 교활하고도 음험한 방어막일 뿐이었다. 강의 진짜 제방은 바닥에 있었다. 언제라도 범람할 준비가 된 강이야말로 그의 아버지에게는 정복할 가치가 있는 강이었다.

그의 아버지는 강과의 지루한 싸움을 포기하지 않았다. 채취권을 따내듯 결혼을 했고 강바닥에서 모래를 끌어 올리듯 아이들을 낳았다. 막내가 태어난 뒤 그의 아버지는 당시로는 퍽 드물게도 자발적으로 정관수술을 했다. 성욕마저 묶어버린 건 아니었다. 그의 아버지는 예전보다 신중했기에 물살이 거세어 모래 대신 강물만 올라오는 날에는 과감히 작업을 중단시켰다. 그건

ing ship to dredging ship supplying gas. And the river flowed on undisturbed.

The river had remained more or less unchanged since the father first started collecting sand. The river was not made up of water alone. It bore a fluid floor that it could always carry to the mouth of the river, and that floor was the father's target: the very bottom of the river exposed. The father's river-conquering goal was to produce a docile river with a smooth, unblemished floor without a single grain of sand in sight. For those who had decided to live in harmony with the river, the inexhaustible source of sand beneath it seemed like a promising future. However, to someone who wanted to dig up its very foundation and make sure it would never flood and to tame it so that it would become more or less a river that ran underground, the sand was the river's cunning and treacherous defense. The real dam of the river ran underneath. To the father, a river always ready to flood was indeed a river worth conquering.

The father never gave up his tedious fight with the river. He married in the same fashion he earned his dredging permit, and produced children as though he were drawing up sand from the river.

포기나 후퇴를 뜻하지 않았다. 강의 저항에 사려 깊게 대처하기 위해서였다. 그런 날 밤이면 강은 제가 거느린 들판의 뭇 생명들을 조롱하듯 맹렬한 기세로 흐르면서 사람들을 특히 그의 아버지를 잠 못 들게 했다. 그의 아버지는 새벽녘 잔뜩 취해 돌아왔으며 공단 근처 술집에서 여자를 안았던 흔적을 숨기지 않았다. 불과 두어 시간 눈을 붙이고도 그의 아버지는 멀쩡하게 깨어나 간밤에 강이 어디까지 침범했는지를 살피기 위해 달려 나갔다. 만약 그날도 작업이 불가능하다면 그의 아버지는 이를 갈며 돌아와 방 안에 퍼질러 앉은 채 다른 가장들이 휴일에 그러듯이 라디오를 듣거나 지역 신문을 읽으며 한가롭게 시간을 보냈다. 그러나 그의 아버지의 신경은 온통 강 쪽으로 쏠렸다. 이따금 벌컥 방문을 열고 밖을 내다보았는데 그게 마치 강이 마당을 가로질러 흐르기라도 한다는 듯, 강을 감시하기 위한 행동임을 눈치채지 못할 사람은 없었다.

몇 해 뒤 강모래의 수요가 줄면서 폐업을 하는 업체들이 한두 군데씩 생겨났다. 그의 아버지는 2~3년만 견디면 다시 호황이 찾아오리라는 걸 잘 알았다. 이 강에

After the youngest was born, he got a vasectomy, quite unusual in those days. But this did not mean his sex drive had also been severed. He was more cautious than he was before. On days when the current was strong and the dredging ship was pumping out more water than sand, he would stop the day's job without hesitation. This didn't mean he had given up or was retreating. It was his thoughtful response to the river's resistance. On nights like these, the river flowed ferociously, as if to mock all the living things in the fields it ran through, and kept everyone—especially the father —up all night. The father would come home very drunk early in the morning, not attempting to hide the evidence that he had been with a woman at a bar near the factories. He would then wake up two or three hours later, as alert as any morning, to run out of the house to see how far the river had invaded overnight. If conditions made it impossible to work the next day as well, he would come home gritting his teeth and sit in his room, whiling his time away listening to the radio or reading the papers like the other fathers did on their days off. But the father's mind was always on the river. He would sometimes throw the door open and look outside.

서 생산되는 모래는 품질이 좋았다. 입도가 다양해 굵은 모래와 잔모래가 적당한 비율로 섞여 골재로는 그만이었다. 당분간은 값싼 수입 모래와 바닷모래가 시장을 잠식하겠지만 그 시장은 그 시장대로 커나갈 것이며 일시적으로 눈길을 돌렸던 건설 업체들이 다시 품질 좋은 강모래를 요구할 게 분명했다. 그의 아버지는 안타까웠다. 폐업하는 업체들의 장비와 인력을 인수하면 사업을 확장할 수 있었으나 자금이 부족했다. 그때까지 끌어쓴 대출금 상환을 독촉하는 은행을 상대하는 것만으로도 힘겨웠다. 강모래 채취업이 불황의 늪에 빠졌던 몇 해 동안 그의 아버지는 처음으로 강이 아닌 다른 상대와 싸우다 순식간에 늙어버렸다. 그리고 눈을 들어 바라보니 강은 이전보다 더 젊어진 듯했다. 기이하게도 적은 나날이 젊어지는데 자신은 늙어버렸다는 사실에 그의 아버지는 어느 때보다 커다란 고통을 받았다. 인력과 장비를 줄이는 대신 그의 아버지는 동업을 선택했다. 투자자를 구해 공동으로 사업체를 운영했다. 사정은 나아졌지만 동업자의 간섭이 새로운 골칫거리로 다가왔다. 동업자는 조심스럽게 말했다. 강을 다스릴 줄

Anyone could see that he did so to keep watch, as if the river ran through his own front yard.

A few years later, the demand for river sand dwindled and a few companies closed down. The father knew very well that in two to three years the boom would return. The sand produced in this river was of high quality. There was a perfect balance between different particle sizes, which made for excellent aggregate material. For the time being, cheap foreign sand and sea sand would take over the market, but that market would grow independently of his market, and the construction companies would come back looking for high-quality river sand. The father thought it was a shame he didn't have the capital to take over the equipment and manpower of companies going out of business and then to expand his own. It was difficult enough dealing with the pestering of the bank that demanded payment on the loans he'd had taken out so far. During the few years the river sand dredging business slowed, the father aged nearly overnight, suddenly locked in a struggle with something other than the river. And when he looked out at the river, it seemed younger than ever. It was more pain than he'd ever known to see his foe grow

알게 되었다고 믿었던 순간부터 우리는 오만해졌던 거라네. 자네가 그렇게 어리석을 거라고는 믿지 않네. 하지만 그토록 많은 사람들이 이 강에서 죽은 건 지혜가 모자라서만은 아니었지. 그들을 강으로 이끌었던 손이 자네 멱살을 틀어쥔 게 내 눈에는 보이네. 내가 자네를 도와줄 수 있게 내버려두게나. 그의 아버지는 코웃음을 쳤다. 이봐, 난 멀쩡해. 설령 저 강이 내 멱살을 잡았다 해도 난 두렵지 않아. 나를 끌고 물속으로 들어간다면 거기에서도 모래를 퍼 올릴 걸세. 만약 내가 미덥지 못하다면 지금 손을 떼도 상관없네. 자네를 원망하지는 않겠네. 동업자는 현명한 사람이었지만 열정이 없는 사람은 아니었다. 그의 아버지는 다른 이들의 열정에 불을 지필 줄 아는 사람이었으므로 신중했던 동업자 역시 속절없이 타올랐다. 그의 아버지는 동업자를 통해 한 가지 사실을 배웠다. 홍수 빈도였다. 이 강은 통계적으로 50년에 한 번씩 큰 홍수가 나지. 그 사실을 알게 된 날 밤 그의 아버지는 잠들지 못했다. 그러나 집 밖으로 한 걸음도 나가지 않았다. 그의 아버지는 생각했다. 만약 그 말이 맞는다면 다음 번 대홍수까지 살아 있을 수

younger every day while he had grown old.

Instead of downsizing personnel and selling much of his equipment, he went looking for a partner. He found an investor and ran the business together. The situation improved, but the investor's interference was a new annoyance he had to deal with. The investor carefully suggested, *We've been arrogant since the moment we believed we could tame the river. I don't believe you're that great a fool. But lack of wisdom isn't the only reason so many people have died in this river. The hand that dragged them into the river—I see its fingers clutched tight around your neck. Please allow me to help you.* The father scoffed, *Even if the river has me by the neck, I'm not afraid. If it drags me into the river, I'll just keep on digging up sand from there. If you don't trust me, you can pull out now. I won't hold it against you.* His partner was a wise man, but not one without ambition. The father was the sort of man who knew how to fan the flames of another's ambition, and so the once cautious partner was also set ablaze.

The father did learn something new from his business partner: flood recurrence intervals. *Statistically, this river has a great flood every fifty years.* That night, the father could not sleep. But he refused to

없을 것 같았다. 설령 살아남았다 해도 그때는 모래 한 줌 움켜쥘 힘조차 없는 늙은이일 게 분명했다. 패배가 예정된 싸움에 나선 게 아닌가 하는 자괴감이 잠을 빼앗았다.

사람들이 기억하는 아버지를 그 역시 부분적으로 겪었다. 그가 태어나기 전이나 다섯 살까지의 일은 타인의 기억을 통해 알았고 그 뒤부터는 어렴풋하게나마 자신의 기억으로 아버지를 그려볼 수 있었다. 그가 기억하는 아버지는 소문처럼 과감한 인물은 아니었다. 어쩌면 아버지 내부에 절망감이 퍼져가던 순간이 그가 아버지를 기억하게 된 최초의 순간이어서인지도 모른다. 그 무렵 그의 아버지는 최초로 강의 근원이 무엇인지 알고 싶어졌다. 강을 거슬러 올라가 보았다. 며칠이 걸리는 여행이었다. 발원지에 이른 그의 아버지는 그 작은 못에서 강이 시작된다는 말을 믿을 수가 없었다. 이 물은 대체 어디서 왔을까. 고개를 들어 하늘을 보았다. 강은 지상에서 시작되지 않고 하늘에서 시작된다는 걸 깨달았다. 강의 공모자는 하늘이었다.

아무도 달의 인력이 강에 어떤 방식으로 작용하는지

54

take one step outside the house. He realized that, if his partner was right, it was unlikely he would be alive for the next great flood. Even if he were, it was certain he'd be an old man with barely enough strength to lift a fistful of sand. The sense of defeat that he'd started a war he was destined to lose kept him up at night.

The son also experienced parts of his father other people remembered. He learned what his father was like from the time before the son was born up to when he turned five through the memories of others, and after that, he was able to pieces images together based on his own memories of him. The way the son remembered the father, he was not as bold a man as rumors told. This was perhaps owing to the fact that his earliest memory of him was the moment when despair began to spread inside the father. It was also around that time that the father first became curious about the origins of the river. He followed the river upstream. The journey took a few days. When he reached the source of the river, he could not believe the river came from a small pond. Where had all this water come from? He looked up at the sky. He realized the river started in the sky, not in the ground. The sky was

알려주지 않았지만 그의 아버지는 알았다. 보름달이 뜨면 강은 달빛에 취해 농염해졌다. 도수 높은 술처럼 물안개마저 비릿했다. 강 전체가 한 뼘씩 솟아 흘렀다. 여울조차 깊어졌고 그 탓에 물소리는 깊고 어두운 동굴을 통과한 듯 한 옥타브씩 낮아졌다. 그의 아버지는 하류에 내려가보았다. 몇 년 전 준설선을 타고 올라왔던 길이건만 무척이나 낯설었다. 하구언이 가로막은 강의 끄트머리에 이르러 그의 아버지는 정체를 알 수 없는 분노를 느꼈다. 분노는 까슬까슬한 모래알처럼 입속을 굴러다녔다. 평소에 느꼈던 분노와는 판이한 새로운 분노였다. 강둑에 있던 컨테이너 사무실에 앉아 그의 아버지는 왜 자신이 하구에서 분노를 느꼈는지 곰곰이 생각해 보았다. 그는 아버지가 했던 말을 기억했다—강은 완벽한 대칭이야. 강은 높은 곳에서 시작되어 평지를 지나 바다로 스며드는 일방의 흐름이 아니야. 강은 하늘에서 내려와 하늘로 사라지지. 수많은 지류가 모여 강이 되어 흐르다 하류에 이르면 다시 수많은 지류로 갈라져 바다로 사라지지. 그건 강이 대칭형이라는 증거야. 그러므로 강은 처음과 끝이 똑같은 형태이며 그건

the river's accomplice.

No one ever taught him about the gravitation of the moon, but he knew that when the full moon was out, the river ripened, intoxicated by the moonlight. Like vapor rising from strong liquor, even the fog rising from the river had a sharper smell. The entire river rose half a foot. The rapids grew deep and, because of that, the water's sound dipped an octave as though it was coming through a dark cave. He went down to the mouth of the river. He'd traveled up past the mouth of the river several years ago on his dredging ship, but the area looked so different now he may as well have been seeing the place for the first time. When he reached the end of the river that was blocked by the estuary dam, he felt an anger he could not name. The anger rolled around inside his mouth as if he was choking on grains of sand. It was a completely different kind of anger than he usually felt. He sat in his trailer office by the river and thought about why he'd been so angry at the mouth of the river that day. The son remembered what the father had once told him: *The river forms a perfect symmetry. The river is not a one-way current that starts at a higher place, runs through plains, and flows into the*

곧 강이 지상에만 존재하는 특별한 완전체라는 뜻이지. 그의 아버지는 동업자에게 했던 이 말을 그에게도 똑같이 했다. 그는 아버지가 분노를 느꼈던 이유를 지금은 짐작할 수 있었다. 하구언이 가로막은 강의 하류는 거대한 저수지로 변하면서 삼각주의 대부분을 삼켜버렸다. 하류에 이르러 다시 하늘로 올라가기 위해 뿔뿔이 흩어진 가느다란 수로 역시 흔적도 없이 사라졌다. 강이 대칭성을 잃었다는 걸 뜻했다. 아버지는 강의 대칭성이 강의 완벽성을 설명해 주는 것이라 느꼈기에 부당한 방식으로 강을 무력화한 하구언을 무례한 동맹자로 받아들였다. 그의 아버지는 동업자에게 말했다. 비상하지 못하는 강은 더 이상 신비롭지가 않다네. 나는 저 무례한 녀석들과 동맹을 맺은 적이 없어. 동업자는 반만 수긍했다. 자네 역시 지금까지 강에 충분히 무례했다고는 생각하지 않나? 그의 아버지는 껄껄껄 웃었다. 내가 이 강바닥에서 모래를 퍼 올린 뒤로 한 번도 큰물이 나지 않았지. 그것만으로도 이미 강은 반쯤 내게 스스로 무릎을 꿇은 거야. 동업자는 전혀 동의하지 않았다. 자네가 모래를 얼마나 퍼 올리든 상관없네. 때가 되면 큰

ocean. The river comes from the sky and vanishes back into the sky. Many tributaries come together to form a river, and when it reaches the mouth, it splits into many branches again and disappears into the ocean. This is proof that the river is perfectly symmetrical. Therefore, the river is the same form from beginning to end, and this means the river is a very special "perfect whole" that only exists on earth.

The father had said the same thing to his partner. The son was only now able to figure out why the father had been so full of rage. The mouth of the river, blocked by the estuary dam, turned into a huge reservoir and swallowed most of the delta. The thin waterway that split into so many threads in order to ascend back into the sky also disappeared without a trace. This meant the river had lost its symmetry. Because the father believed that the symmetry of the river epitomized the perfection of the river, he saw the estuary dam as an impertinent ally that debilitated the river in an unjust way. He told his partner, *A river that cannot fly is no longer fascinating to me. I never agreed to become allies with these hooligans.* His partner only half agreed, *But don't you think you've also been very rude to the river?* He chuckled. *Since I started digging sand up out of this*

물은 나는 거야. 그 말이 그의 아버지를 자극했다. 그때가 바로 오늘이면 좋겠군. 내가 어떤 방식으로 강을 굴복시키는지 자네에게 보여줄 수 있을 테니 말이야. 동업자는 더 이상 대꾸하지 않았다.

그의 아버지는 한층 더 초조해졌다. 그는 자신이 중학생일 때 아버지가 같은 연배의 다른 사내들보다 10년쯤은 더 늙어 보였음을 기억했다. 야적장에는 선별한 모래가 오래도록 쌓였다. 그 사이에도 몇몇 업체가 문을 닫았고 수요와 공급이 얼추 균형을 이룬 시점에서 지지부진한 상태로 몇 년이 이어졌다. 모래를 싣고 갈 덤프트럭은 간간이 강변에 나타났으며 준설선 기사들은 적당량의 모래를 채취하면 오후 두 시가 되었든 세 시가되었든 퇴근해 버렸다. 사업 규모는 줄어들었고 모래 채취 현장은 활기를 잃었다. 그러나 강은 여전히 활기차게 흘렀다. 슈퍼 안채의 노인은 낚싯대를 어깨에 걸치고 느릿느릿 매일처럼 같은 길을 왕복했으며 그는 어머니가 마련해 준 돈을 품속에 넣고 중장비 학원으로 향했다. 막내는 몇 년 뒤에는 자신도 형처럼 중장비 운전을 배우겠다고 말하지 않았으며 여동생은 말수 적은

river, it hasn't flooded once. That is proof that the river has already submitted to me at least halfway. The partner did not agree at all. *It doesn't matter how much sand you scoop out of the river. The flood will come when it's time.* This did not sit right with the father. *I hope that day is today, so I can show you how I conquer the river.* The partner had no more to say after that.

The father grew ever more anxious. The son remembered the father looking about ten years older than other men his age. The piles of sorted sand were abandoned in the storage yard for long periods of time. In the meantime, several companies closed and several years went by with the supply and demand in the business somewhat stagnant and in balance. Trucks came down to the river once in a while to collect the sand, and the dredging ship operators clocked out whenever they had more or less reached their quota for the day, even if it was only two or three in the afternoon. The business shrank and the dredging site lost its energy. But the river flowed on, as energetic as ever. The old man living in the back room of the store walked up and down the same path every day, the fishing rod swinging over his shoulder, and the son headed to the heavy equipment school with the

여고생이 되어 도시의 학교 근처에서 자취를 했다.

그가 기억하기에 모든 일은 그가 아직 고등학생일 무렵에 시작되었다. 그해 초가을 아버지의 사업은 기울 대로 기울었다. 동업자는 갈등했다. 사업에서 손을 뗄 수는 없었다. 그의 아버지에게 투자했던 자금을 회수할 가능성이 없어서였다. 동업자가 선택할 수 있는 길은 두 가지 가운데 하나였다. 이대로 모래더미처럼 허물어져 강 속으로 침몰하거나 일괄적으로 사업체를 다른 이에게 넘기거나. 그의 아버지는 결코 후자를 선택하지 않을 인물이었다. 그는 초저녁부터 불던 바람이 심상치 않았음을 기억했다. 바람은 뜨듯미지근했다. 폭풍의 척후병처럼 은밀하게 불어왔다. 평생을 강의 마력에서 벗어나지 못했으나 더는 강에 몸을 담그지 않았던 마을 사람들은 바람의 정체를 선뜻 헤아리지 못했다. 그의 아버지는 저녁밥을 먹은 뒤 방 안에 틀어박혔으나 바람 소리에 귀를 곤두세웠다. 준설선은 안전한 곳에 정박시켰고 선별한 모래가 휩쓸려 가지 않도록 야적장 주위에 콘크리트 둑까지 세워두었다. 밤이 이슥해지자 바람은 노골적으로 불어왔다. 그의 아버지는 외투를 챙겨 밖으

money his mother had given him in his breast pocket. A few years later, the son's younger brother stopped saying that he wanted to learn heavy equipment operation like his older brother, and his younger sister turned into a taciturn schoolgirl and lived by herself near her school in the city.

The son remembered that everything began to unravel while he was still in high school. By early fall of that year, the father's business was on its last leg. The partner was torn. He couldn't walk away from the business because there was no possibility of withdrawing the capital he'd invested. He had two options: sink in the river like a pile of sand, or sell. The father would never agree to the latter. The son remembered the ominous wind that began to blow in the early evening. The wind was lukewarm and blew discreetly like the storm's patrolling soldier. The villagers, who could not free themselves from the river's spell for as long as they lived, but no longer actually ventured into the river, could not easily recognize the wind. The father locked himself up in his room after dinner, but had his radar up to the wind. The dredging ship was docked in a safe place and a concrete dam had been built around the storage yard to stop the sorted sand

로 나갔다. 사무실에서 화투나 치자는 핑계를 대며 직원들을 모았다. 준설선 기사는 공단 근처 술집에서 이미 취해 곯아 떨어졌으나 나머지 직원들은 두말없이 그의 아버지를 따랐다. 바람에 맞선 컨테이너 사무실은 이따금 쇠가 부러지는 소리를 냈다. 그의 아버지는 푼돈을 잃어주며 여러 번 반복해서 말했다. 이제 사람들은 아파트가 아니면 못 살게 될 거야. 헐값으로 넘기게 되었지만 저 모래도 벌써 계약이 되었어. 이틀 뒤에 건설 회사에서 덤프들이 올 거야. 생각보다 불황이 길어졌지만 내 장담하는데 곧 좋은 시절이 올 거야. 그러나 누구도 고개를 끄덕이지 않았다. 이윽고 컨테이너 사무실은 빗방울 듣는 소리로 채워졌다. 자네들은 그대로 있게. 내가 나가서 살펴볼 테니. 그의 아버지는 손전등을 들고 밖으로 나갔다. 굵은 모래알 같은 빗방울이 사방에서 달려들었다. 바람은 휘파람 소리를 냈다. 무엇보다 강이 눈을 뜨고 기지개를 켜는 게 보였다. 빗물이 둑의 사면을 타고 강으로 흘러들어갔다. 설령 홍수 빈도를 어겨 큰물이 난다 해도 시기가 글렀다. 여름 장마도 무사히 흘려보내지 않았던가. 그 시각에 그는 동생

from sweeping away. When night fell, the wind began to blow more boldly. The father grabbed his jacket and went out. He gathered the employees under the guise of playing cards at the office. The dredging ship operator was already passed out at a bar near the factories, but the rest of them came. The trailer office sometimes made the sound of steel breaking as it braved the wind. As the father kept losing petty cash to his employees, he kept repeating, *In the future, everyone will be living in apartment buildings. I had to let them go for cheap, but the sand in the storage yard has already been sold. Two days from now, construction companies will be sending their trucks down here. Business has been slow for longer than I expected, but good times are just around the corner.* But no one nodded. Soon, the sound of rain filled the office. *You guys stay here. I'll go out and have a look.* The father went out with a flashlight in hand. Raindrops like large grains of sand attacked him from all sides. The wind whistled. The father saw the river open its eyes and stretch its arms. Rainwater flowed into the river along the slopes of the dam. Even if the partner had been wrong about the flooding frequencies and a great flood was on its way, it was the wrong time of the year. The sum-

들과 마찬가지로 잠들지 못했다. 아버지가 걱정되어서였다.

그의 아버지는 강둑 위로 비틀비틀 걸어오는 동업자를 보았다. 동업자는 어둠 속에서 희디흰 이빨을 드러냈다. 자네들이 여기에 다 모였다는 걸 알고 한달음에 달려왔지. 동업자의 숨결에서 들뜬 술 냄새를 맡을 수 있었다. 이미 화투판을 접은 직원들은 비에 흠뻑 젖은 두 명의 사장이 사무실로 들어오는 걸 보았다. 그들은 무엇을 지키고 감시해야 하는지 납득하지 못한 채 그날 밤을 새우처럼 웅크린 채 졸다 깨다를 반복하며 지샜다. 빗소리는 규칙적으로 들려왔다. 빗줄기는 가늘지도 굵지도 않았다. 다만 언제까지고 그치지 않을 것처럼 끈질기게 내렸다. 어둑어둑한 아침이 왔다. 젊은 미니로더 기사가 다급한 목소리로 잠든 이들을 깨웠다. 강물이 심상치가 않아요. 그의 아버지는 누구보다 먼저 밖으로 나갔다. 강물은 어느새 둔치를 타고 올라 야적장의 콘크리트 제방 앞에서 출렁거렸다. 뒤늦게 달려온 동업자가 탄식처럼 내뱉었다. 상류에 집중호우가 쏟아진 거야. 시간이 얼마 없어. 곧 여기까지 밀려와 범람하

mer monsoon had gone by without doing any damages, hadn't it? At that hour, the son and his younger siblings were also all awake. They were worried about their father.

The father saw the partner staggering toward him along the dam. In the darkness, the partner revealed his glaring white teeth. *I ran down here as soon as I found out you were all gathered here.* The father smelled the charged stench of liquor on the partner's breath. The employees, who'd already put away the cards at this point, watched as their bosses came dripping wet into the office. They stayed up all night, curled up and alternating between dozing off and waking up, not understanding what they were supposed to protect or be on the lookout for. The sound of rain came in regular intervals. The raindrops were neither heavy nor small, but came down relentlessly, as though they would not stop until the end of time. Then came the murky daybreak. The young mini loader operator woke everyone, his words urgent: *The river's rising!* The father ran out ahead of the rest of the crew. The river had climbed onto the riverbank and was lapping at the concrete dike of the storage yard. The partner who'd run out after him let out a

고 말 거야.

그는 간밤에 겨우 잠이 들긴 했으나 꿈자리가 사나워 여러 차례 깨어났다. 그때마다 빗소리는 한결같았다. 아버지에 대한 걱정만 밀어둔다면 포근하게 여겨질 법도 한 빗소리였다. 하지만 모든 게 그날 시작되었던 게 분명했다. 그의 아버지는 준설선이 둔치에서 멀어지는 걸 보았다. 준설선과 둔치 사이를 잇는 보드가 끌려갔다. 그의 아버지와 동업자는 보드 위로 달려가 준설선에 올랐다. 다른 직원들이 따라오자 그의 아버지가 고함을 쳤다. 빨리 여기서 꺼지라고 이 멍청이들아! 닻이 풀려나간 준설선에서 그의 아버지는 위태롭게 흔들리는 보드 위로 직원들을 내몰았다. 그들은 둔치로 되돌아갔다. 그리고 두 사장의 사투를 목격했다. 그의 아버지는 새로운 닻을 내리기 위해 안간힘을 썼고 동시에 동업자는 배의 시동을 걸었다. 동업자는 기관을 움직일 수 없었다. 무엇이 잘못됐는지도 알 수 없었다. 동업자는 그의 아버지를 도와주는 쪽을 선택했다. 직원들은 두 사장이 승강이를 벌인다고 생각했다. 흔들리는 배 위에서 두 사람은 씨름 선수처럼 엉겼다. 훗날 그의 아

cry, *There must have been a downpour in the tributaries. It's going to be here in no time and the river will flood.*

The son did fall asleep, but his unsettling dreams woke him up several times. Each time he awoke, the rain sounded the same. If he hadn't been so worried about his father, he would have found the sound of rain comforting. But everything began that day. The father saw the dredging ship drifting away from the riverbank. The dock connecting the dredging ship and the riverbank were being dragged away by the river. The father and the partner jumped onto the dock and leapt aboard the dredging ship. When the employees ran after them, the father shouted, *Get the hell out of here, you idiots!* On the dredging ship anchor was loose. The father shooed the crew onto the precariously shaking dock. The crew went back onto the riverbank and from there witnessed their two bosses fighting for the dredging ship. The father struggled to lay the anchor down again while the partner tried to start the engine. The partner couldn't get the engine to start. They couldn't figure out what was wrong with it, either. The partner opted to help the father instead. The employees thought the two bosses were quarreling. The two seemed to be grabbing

버지가 주장하듯 배가 요동을 쳤기 때문일 수도 있고 많은 사람들이 의심하듯 모호한 동업을 끝장내 버리기 위해 그의 아버지가 동업자를 강으로 떠밀었던 것일 수도 있었다. 진실이 무엇이든 술에서 미처 깨어나지 못한 동업자는 강이 내민 손에 멱살을 잡혀 그곳으로 끌려 들어갔다. 직원들은 아무 일도 할 수 없었다. 모래 산은 허물어지는 중이었다. 콘크리트 제방을 넘은 강물이 밑바닥부터 갉아먹으며 올라와 허리를 무너뜨렸다. 직원들은 강둑 위로 슬금슬금 물러났다.

동업자의 머리가 한 번 불쑥 솟았다. 채취 현장 주변의 물에 잠긴 제방에 발이 걸린 게 분명했다. 한동안 그 자리에서 버티던 동업자는 세찬 강물을 타고 흘러갔다. 이번에도 어깨까지 한 번 불쑥 솟았다. 오일펜스를 붙잡은 덕분이었다. 이내 동업자는 펜스와 더불어 떠내려갔다. 동업자는 교각에서 한 번 더 목격되었으나 그게 마지막이었다. 준설선은 끝내 좌초했다. 배는 기울었으나 강물에 완전히 잠기지는 않았다. 배에서 흘러나온 시커먼 경유가 흙탕물에 풀려 들어갔다. 기운 배에 매달렸던 그의 아버지는 준설선이 강물 속으로 잠겨들기

at each other on the pitching ship like a pair of wrestlers. It may have been because the ship was rocking so hard, as the father later insisted, or perhaps the father wanted to put an end to the ambiguous partnership by pushing him into the river, as many villagers suspected. Whichever the truth was, the river stretched out its hand, grabbed the still inebriated partner by the collar, and dragged him into the river. There was nothing the employees could do. The piles of sand in the storage yard were collapsing. The water rose over the concrete embankment around the storage yard and began eating away at the piles from the bottom. The crew slowly backed away up the riverbank.

The partner's head bobbed above the water. His foot must have caught on the dam around the now submerged dredging site. He managed to stay afloat for a while and then was pulled under by the current. He emerged again, this time up to his shoulders, when he grabbed onto an oil fence. But he was soon swept away along with the entire oil fence. He was spotted once more around the bridge, but that was the last time anyone saw him.

The dredging ship sank in the end. The ship listed, but it didn't sink completely. The black diesel

직전에야 구조되었다. 흘러넘친 밥물처럼 단내 나는 강물이 십수 년 만에 다시 둑을 넘었다. 그는 물마가 진 길을 첨벙거리며 걸어갔다. 병원에서 본 아버지는 사지에서 돌아온 사람답지 않게 평온히 잠들었다. 그게 아버지의 마지막 단잠이었다. 문병을 온 지역 유지들과 정치인들은 아버지의 열띤 설명에 귀 기울였으나 병실 밖으로 나가는 순간 고개를 저었다. 아버지는 파산했다. 그는 아버지에게 파산이 무슨 의미인지 알았다. 채권자들은 장비와 채취권을 다른 업체에 넘겼다. 더는 모래를 파낼 수 없게 되었다.

아버지는 술에 취해 헛소리를 지껄였고 강물을 다 마셔버릴 기세로 강가에 나갔다가 발 한 번 담그지 못한 채 그림자처럼 흐느적대며 돌아왔다. 모래를 아니 강을 파괴하기 위해 인생의 후반부를 쏟아부었던 아버지는 끝내 자신을 파괴하고 말았다. 그때까지 그에게 강은 저만치 떨어진 풍경이었으나 이제 강은 집 안으로만 흘렀다. 그는 집이 아닌 다른 곳에서 잤다. 그는 특히 불도저의 차갑고 움푹한 버킷 안에서 평온했다. 공병대에 근무하는 동안에는 내무반이 아닌 포클레인 아래서 잤

gas oozed out of the ship and swirled into the muddy water. The father hung onto the ship as it began to careen, and then was rescued moments before the ship went down. The river, which smelled as sweet as rice water boiling over, flooded the dam for the first time in over a decade. Water splashed under the son's feet as he walked along the flooded streets to the hospital to see his father.

At the hospital, the son found his father sleeping rather too peacefully for someone who'd been to death's door and back. That was the last time the father ever slept so soundly. The local landowners and politicians who came to see the father at the hospital listened attentively to his impassioned design for the future of his business, but they shook their head once out of sight. The father was bankrupt. The son knew what bankruptcy meant to his father. The creditors sold the equipment and dredging rights to another company. The father could no longer harvest the river's sand.

The father drank and jabbered nonsense. He would march down to the river just about ready to drink the entire river, only to return wavering like a thin shadow, unable to so much as dip his feet into

다. 그를 사로잡은 생각은 단 하나였다. 강에 잠긴 선박들처럼 쓸쓸해진 가계를 일으켜 세우는 것이었다. 그가 군복무를 마치고 고향에 돌아와 곧장 골재 업체의 문을 두드렸던 것도 그 때문이었다. 동생들은 그를 달가워하지 않았다. 그가 날마다 모래를 묻히고 돌아와 집 안 어딘가에 흘렸던 탓이다. 그는 동생들과 자신 사이의 거리가 점점 멀어지는 걸 느꼈다. 언제부터였을까. 그는 그리 오래되지 않은 기억 하나를 가슴에 품은 채 꺼내지 않았다. 여고생이었던 동생은 마을의 다른 여학생들처럼 몹쓸 기억을 쪽지에 쓴 뒤 병에 밀봉하여 저녁 강에 띄웠다. 강물이 소용돌이치는 곳이었으므로 다음 날 아침까지도 병이 그 자리를 맴도는 경우가 흔했다. 그들은 흘러가지 못한 병이 자기 것임을 알게 되면 지우고 싶은 과거를 운명으로 받아들였다. 그는 새벽 강에 나가 여동생이 띄운 병을 건졌다. 누구도 찾을 수 없는 먼 곳에 갖다 버릴 생각이었다. 그는 봉인을 훼손하고 싶은 유혹과 싸우느라 기진맥진할 지경이었다. 그러나 이제 그는 확신할 수가 없다. 그때 병을 깨뜨리고 쪽지를 꺼내 읽었는지 그러지 않았는지, 쪽지를 읽었는데

the water. The father spent the second half of his life trying to destroy the river, but in the end destroyed himself. The river, which had meant nothing more to the son than a distant landscape, was now a constant stream that flowed only through his house. So he slept elsewhere. He was especially peaceful in the cold bucket of a bulldozer. When he was in the construction battalion, he slept under the excavator instead of in a bunker. The son had only one thing on his mind: to revive the family that was now as forlorn as the ships that lay at the bottom of the river. This was also the reason he began to look for work at an aggregate company the moment he returned home from his military service. His younger siblings weren't happy with his decision. They didn't like his tracking sand into the house. He felt the growing distance between him and his siblings, but he kept one memory from not very long ago buried deep within his heart.

Like many other high school girls from the village, his younger sister had written down a horrible memory she'd like to forget, sealed it in a bottle, and then tossed it into the evening river. But the bottles were often tossed where the current formed a whirlpool, and some bottles remained

내용을 기억하는지 잊었는지도. 무엇이 사실이든 여동생의 과거는 그의 것이 되었다.

아버지를 더는 사랑할 수 없었고 막내 앞에 당당할 수가 없었다. 대신 그는 꿈속에서 물속을 날고 하늘을 헤엄쳤다. 어머니는 암으로 죽었으나 동생들은 그의 탓으로 여기는 듯했다. 별다른 행동은 없었다. 시선과 숨결에서 느꼈을 뿐이다. 작업을 마치면 강둑에 앉아 어두워질 때까지 시간을 보냈다. 강은 결코 잠들지 않는 것처럼 보였다. 그런 생각만으로도 그는 피로했다. 잠들지 않다니. 그는 학원과 공장을 오가던 시절을 떠올렸다. 눈만 감으면 잠들 수 있었다. 깨어나면 몸이 더 아팠다. 단잠은 아니었어도 그 시간만큼 새로운 기억이 축적되지 않았으므로 만족했다. 분노도 없었고 증오도 없었으며 미래가 불안하거나 자신의 것이 아니라는 생각으로 스스로를 괴롭히지도 않았다. 그는 마음속으로 강의 머리를 쓰다듬었다. 어린 시절 어머니도 그가 잠들지 못할 때면 그렇게 해주었다. 그는 이따금 유령선을 보았다. 닻을 잃은 준설선이 떠다녔다. 그는 강에도 유령선이 있구나라고 중얼거렸을 뿐이다. 강은 이제 아

there until the next morning. If the bottle was still there in the morning, the girls accepted the past they wanted to erase as their fate. The son went out early next day and fished her bottle out of the river. He had planned to hurl it some place far away where no one would find it. He was exhausted from fighting his urge to unseal the bottle and read what she'd written. Years later, he wouldn't remember if he'd broken the seal and pulled out the note in the end or if he hadn't, or if he'd read and forgotten what the note said, or if had never read it at all. Whichever the truth, her past had now become his as well.

He could no longer love his father or be a role model for his brother. Instead, he flew underwater and swam the skies in his dreams. His mother died of cancer, but his brother and sister seemed to believe it was he who'd killed her. They never said or did anything to suggest this, but he saw it on their faces and felt in their gestures. After work, he sat on the dam until it turned dark. It seemed the river never slept. The very thought of a sleepless river made him tired. *How do you not sleep?* He remembered the days when he used to go to heavy equipment school during the day and work in the

무도 미치게 하지 못한다. 대운하 공사—일반적인 수로 정비라고 믿는 마을 사람은 없었다. 그들은 더 많은 보상과 혜택을 바랐다. 오래전 그의 아버지가 이루었던 도약이 다시 한 번 실현되기를 바랐다—가 시작되자 사람들은 전보다 냉정해졌다. 그의 아버지처럼 헛된 열망에 사로잡혀 강으로 뛰어들지 않았다. 그는 준설선에 올랐다가 강물에 비친 자신을 오랫동안 내려다보기도 했다. 강 속 사구들이 어른거렸다. 강바닥에서 솟아오른 슬픔들이었다.

그가 골재 업체의 포클레인 기사로 일한 지 2년째 되던 해 어느 날 강에 300톤급 3천 마력의 준설선들이 등장했다. 그의 아버지는 강가에 나와 손가락질을 하며 분통을 터뜨렸다. 그는 아버지가 마땅히 자신의 소유여야 할 것들을 강탈당한 사람처럼 군다고 생각했다. 아버지는 강이 누구에게도 속하지 않는다는 사실을 모르는 사람 같았다. 이전의 모래 채취업자들이 하루에 채취했던 모래의 100배가량이 한 나절 만에 둔치에 쌓였다. 사십대 후반이 된 사장은 직원들에게 퇴직금을 지불하고 일일이 악수를 했다. 그는 사장의 손이 떠나간

factory in the evenings, and could fall asleep the second he closed his eyes. His body had ached more when he woke up. He had not been able to sleep soundly, but he was satisfied with a life that did not accumulate new memories for the extra hours he was awake. There was no rage or hatred, and he did not torment himself with thoughts of his precarious future or the idea that his life was not his own to live. In his mind, he patted the river on its head. When he was young, his mother used to pat him on the head when he couldn't sleep. He sometimes saw ghost ships. The dredging ship without its anchor floated on. But he only mumbled to himself, *I guess there are ghost ships on rivers, too.* The river could not drive anyone to madness anymore. Once the Grand Korean Waterway Construction began, the villagers became more practical than before. None of the villagers believed it would be a simple waterway maintenance construction and so they asked for more reparations and benefits. They hoped they would see another economic leap like the one that the father had accomplished long ago. No one jumped into the river, possessed by foolish desires. The son stood on the deck of the dredging ship and looked down at

자신의 손바닥에 몇 알갱이의 모래가 쓸쓸하게 남은 걸 보았다. 지난봄 그는 골재원들과 더불어 과천 정부 청사에 항의 시위를 갔다. 승합차에 동승했던 박과 김 그리고 그는 '화염병 사용 등의 처벌에 관한 법률 위반' 혐의로 기소되었다. 조사를 받기 위해 불려갔던 검사실에서 그는 조롱을 당했다. 그는 피곤했다. 경찰서에서 진술했던 내용을 검사에게 반복해서 말했다. 그의 접힌 소매에서 모래가 우수수 떨어졌다. 고향으로 돌아오는 길에 고속도로 휴게소에서 김이 박에게 물었다. 왜 그런 생각을 했냐? 박은 대답하지 못했다. 경찰은 승합차에서 맥주병이 가득 든 상자와 시너가 든 통 그리고 천 조각들을 찾아냈다. 검사는 화염병을 제조하려고 시도했던 게 분명하지 않느냐고 추궁했다. 그는 화염병을 어떻게 만드는지도 설령 그런 게 있다 해도 어떻게 사용하는지도 알지 못했다. 그는 되묻고 싶었다. 이미 강은 활활 타오르지 않았나요. 검사는 이해하지 못할 게 분명하므로 그는 소리 내어 말하지 않았다. 강은 타오르기를 멈춘 불이라는 사실을 검사가 알 리 없었다. 그들은 휴게소에서 연락을 받았다. 폐업을 하고 강을 떠

his reflection in the river for a long while. He saw dunes undulating in the water. It was sadness rising up from the bottom of the river.

One day, about two years after he started work as an excavator operator, 300-ton dredging ships churning 3,000 horsepower appeared on the river. The father came out to the river and shook his fist at them. The son thought that the father was acting like someone who'd been robbed of something that was rightfully his. It appeared he did not know that the river belonged to no one. About a hundred times the amount of sand a dredging crew could collect in a day piled up on the storage yard in half the time. The president of the company, now in his late forties, shook hands with every single one of his employees as he gave them their severance packages. He found a few grains of sand left in the palm of his hand after shaking hands with the president.

Last spring, he had gone up to the Government Complex in Gwacheon with the other aggregate industries union members for a protest. The son, Park, and Kim, had all rode in the same van and were later indicted on allegations of producing Molotov cocktails with the intent of using them. At

났던 사장이 자살을 했다. 유서가 있다고 했다. 휴게소에서 다시 고속버스에 오른 셋은 각자 다른 자리에 앉았다. 사장은 그의 아버지 밑에서 일한 적이 있다. 아버지의 동업자가 익사했던 그 시절 사장은 미니로더 기사였다. 그는 사장의 말을 기억했다. 나는 빗줄기를 가르며 우리 쪽으로 날아왔던 자네 아버지의 목소리가 생생하네. 자네 아버지는 침몰을 예감했던 거야. 사람들이 뭐라 하든 나는 아직까지도 그처럼 인간적인 목소리를 다시 듣지 못했네. 다른 사람들의 혈관 속에는 강물이 흘렀지만 자네 아버지의 혈관 속에는 용암이 흘렀지. 일부가 내게도 흘러 들어왔네. 그 소리를 듣던 순간에 말이야.

그는 소리 내지 않고 울면서 박과 김도 그럴 것이라고 생각했다. 박과 김은 모래 채취로 잔뼈가 굵었다. 그들은 학원을 다녀본 적이 없다. 기사의 조수로 맞아가면서 기술을 배운 세대에 속했다.

박은 유죄 판결을 받았다. 300만 원의 벌금형이었다. 박은 항소를 포기했다. 김과 그는 무죄 판결을 받았다. 그는 일당을 받고 포클레인을 운전했다. 곳곳에서 구제

the prosecutor's office where he was interrogated, the son was mocked. He felt tired. He repeated what he'd said at the police station. Sand fell out of his sleeve as he unrolled it. On the way back to the village, Kim stopped Park in a rest area and asked him, *Why did you do it?* Park gave him no answer. The police found a box full of beer bottles, a bottle of paint thinner, and several strips of fabric in the back of the van. The prosecutor argued that they were intending to use them to make Molotov cocktails. The son did not know how to make Molotov cocktails, and even if he had, he wouldn't have known how to use them. He wanted to ask, *Isn't the river already on fire?* But he didn't because he knew the prosecutor wouldn't understand. There was no chance the prosecutor would understand that the river was a fire that had stopped burning. They received the call while they were at a rest area. Their boss, who had folded the business and left the river, had killed himself that afternoon. He'd left a will. The three boarded the bus at the rest area again and each sat apart from the other. The boss had once been one of the father's employees. When his partner has drowned, their boss had been a mini loader operator. The son re-

역에 감염된 가축을 매몰하는 바람에 일자리는 많았다. 버킷에 묻은 핏물을 씻어내며 더는 어떤 버킷이라도 그 안에 들어가지 않겠노라 다짐했다. 어쩌면 그가 한 번쯤 들어가 웅크리고 잠들었던 버킷에도 그런 과거가 있었을지 모른다. 며칠 전 김과 그는 검사가 항소했음을 알리는 법원 통지서를 받았다. 또다시 쓸모없고 지루한 서울행이 계속될 거였다.

그는 말없이 동생들에게 항변했다. 천 조각은 늘 승합차에 실렸던 것이라고 맥주는 마시기 위한 것이라고 시너는 박이 분신을 염두에 두고 실었던 것이라고. 문득 그는 화염병 제조 방법을 알고 싶어졌다. 병 속엔 강물을 담으리라. 그는 둔치에 선 채 작은 돌멩이 몇 개를 강에 던졌다. 박은 왜 그런 생각을 했을까. 그는 박의 대학생 두 딸과 고등학생 아들을 떠올려보았다. 그는 한 번도 자신을 파괴하겠다는 생각을 해본 적이 없었으나 이미 파괴되는 중이었다. 그는 강에 비친 자신을 보며 쓰게 웃었다. 이런 몰골이라면 동생들이 무서워할 만도 하지. 강은 알코올 기운이 휘발되어 맹탕이 된 소주 같았다. 취하고 싶어도 그럴 수가 없었다. 그는 강 한가운

membered what the boss had said. *I can remember your father's voice coming at us through the rain. As clear as day. He knew the ship was about to go down. I don't care what other people say—that was the most earnest voice I've ever heard in my life. Other people had river water in their veins. But your father had magma in his. A little part of it flowed into my veins, too, at that moment when I heard his voice.*

The son wept noiselessly and imagined that Park and Kim were doing the same. Park and Kim had dredging in their bones. They had never been to heavy equipment school. They belonged to a generation that had learned the business as operator's apprentices and being kicked around by their superiors.

Park was found guilty. He had to pay a 3 million-*won* fine. Park gave in and decided not to file an appeal. Kim and the son were both found not guilty. The son drove the excavator as a day laborer. He had plenty of work thanks to the farms burying the casualties of the hoof-and-mouth disease. As he washed the animal blood off of his bucket, the son vowed never to crawl inside another bucket ever again. He wondered if one of the buckets he'd slept in had had a past like this one. A

데까지 길게 뻗어간 튼튼한 제방을 보았다. 강의 옆구리에 길게 찔러 넣은 검 같았다. 아니 강이 한 자루 칼처럼 반짝 빛을 냈다. 제방 끝에서 포클레인이 직접 모래를 퍼 올렸고 곧장 뒤에 선 덤프트럭에 실었다. 포클레인으로 모래를 채취하는 건 금지된 일이었다. 그들은 퍼 올린 것보다 많은 양의 모래를 바닥에서 도약하게 할 것이었다. 모래는 강 속에서 흘러갈 것이다. 이처럼 강은 날마다 흐리다. 강은 다시 무법자이면서 동시에 법의 수호자인 사람들이 지배하게 되었다. 항소에서 유죄 판결을 받게 된다면 그래서 박처럼 벌금형에 처해진다면 퇴직금의 일부를 혹은 전부를 헐어내지 않을 수가 없었다. 근무 기간이 짧았던 그였기에 퇴직금은 두 달 치 월급 정도였다. 그게 아직 남기는 했을까. 그는 점심을 먹기 위해 긴 제방을 걸어가는 포클레인 기사를 보았다. 저 사람은 학원에서 배웠을까 김과 박처럼 날마다 쇠뭉치에 맞아가며 배웠을까. 이윽고 그는 포클레인 쪽으로 휘청휘청 달려가는 사람을 보았다.

김은 둑의 안쪽 경사면에 앉아 강을 보았다. 그를 기다리는 중이었다. 함께 점심을 먹으며 항소에 대처할

few days ago, Kim and the son received a notice from the court that the prosecutor had filed an appeal. The tedious, pointless trips up to Seoul would have to continue.

He silently defended himself to his brother and sister. The strips of cloth had always been in the van, the beer was for drinking, and Park had brought the paint thinner along to immolate himself. The son suddenly wanted to know how Molotov cocktails were made. *I will put river water in the bottle.* He stood on the riverbank and threw a few rocks in the river. *Why would Park plan something like that?* He thought about Park's two daughters in college and one son in high school. It had never occurred to him to destroy himself, but he was already being destroyed. He smiled bitterly at his reflection in the water. *Look at the state I'm in. No wonder my brother and sister are afraid of me.* The river was like *soju* after all the alcohol had evaporated. He could not get drunk off it if he wanted to. He looked at the great dam that stretched out to the middle of the river. It looked like a sword driven deep into the river's side. Or rather, the river gleamed as though the water itself was a sword. An excavator scooped sand out of the water at the

방안을 의논하기로 했다. 어차피 이번에도 그들은 국선 변호인의 조력을 받을 수밖에 없었다. 김은 저 멀리 제방 위를 달리는 사람을 보았다. 앞서 간 사람이 포클레인 운전석에 오르자 뒤따라간 사람이 끌어 내리려는 것 같았다. 먼 거리여서 두 사람 가운데 누가 그이고 그의 아버지인지 알 수 없었다. 김의 입에서 신음이 흘러나왔다. 어디선가 고함도 들렸다. 포클레인은 거짓말처럼 강물 속으로 곤두박질쳤다. 뒤에 남은 사람이 그인지 그의 아버지인지는 알 수 없었다. 김은 고개를 저었다가 끄덕였다. 김은 그저 덜덜덜 떨고 있을 뿐이었다. 강이 징발해 간 사람이 누구인지 알 수 없으나 강에서 태어나 뭍으로 기어 나온 최초의 인류처럼 한 사람은 제방 위에 누웠다.

김은 손을 머리카락 사이로 집어넣어 모래를 털어냈다.

강바람이 김의 얼굴을 쓰다듬고 지나갔다.

모래 알갱이가 뒤늦게 떨어졌다.

김은 중얼거렸다.

내가 얘기해 준 적이 있던가. 페이로더만 25년. 그런

end of the dam and loaded the sand directly onto a truck. It was illegal to dredge the sand using excavators. The excavators stirred up more sand on the bottom of the river than they dug up. The sand flowed into the river. The river was murky every day. In this way the river came under the control of those who were both the law and the lawless. If the son was found guilty in the appeal and had to pay a fine like Park had, he would have to give up most of his severance, or perhaps, all of it. He hadn't been working long before the business folded, so his severance was about two months' wages. *What's left of the severance now anyway?* He looked at the excavator walking along the dam back to the riverbank for lunch. *Did he learn dredging at a school, or did he learn by getting beat up every day with wrenches and other metal parts like Kim and Park did?* He saw someone running unsteadily toward the excavator.

Kim sat on the slope inside the dam and looked out at the river. He was waiting for the son. They were planning to discuss their strategy for the appeal over lunch. They had no choice but to recruit the help of a court-appointed attorney again. Kim looked at the man running down the dam in the

데도 후진이 가장 어렵다네. 웬만하면 그냥 빙 돌아서 뒤로 가지. 하지만 김은 앞에 길이 없는 경우에는 어떻게 했는지를 기억하지 못했다. 김은 강을 물끄러미 내려다보았다. 화요일이었다.

『톰은 톰과 잤다』, 문학과지성사, 2012.

distance. As the person who ran ahead of him climbed into the cab of the excavator, the other one seemed to be trying to drag him out of it. He was too far away to see which one was the father and which was the son. Kim groaned in spite of himself. A shout came from somewhere. Incredibly, the excavator fell head first into the river. Kim couldn't tell if the one left on the dam was the father or the son. Kim shook his head and then nodded again. He was shaking. He couldn't tell which one the river had requisitioned, but the other was lying on the dam like the progenitor of all mankind, born in the river and crawled out onto dry land.

Kim put his fingers through his hair and shook the sand out.

The river breeze caressed his face and went its way.

Grains of sand trickled out of his hair belatedly.

Kim murmured to himself, *Did I ever tell you? I was a payloader for twenty-five years. And I still can't back up. I always just went around in a circle.* But Kim could not remember what he had done when there was no space ahead of him to turn around. Kim looked down into the river. It was Tuesday.

Translated by Jamie Chang

해설

Afterword

천의 얼굴을 지닌 강

노대원 (문학평론가)

손홍규는 그의 대표작이기도 한 「마르께스주의자의 사전」에 나오는 한 문학청년처럼 독창적인 '마르께스주의자', 즉 마술적 리얼리스트가 되고자 했다. 그의 문학에서 환상과 신화는 역사와 윤리와 늘 함께 한다. 캐스린 흄이 지적한 것처럼 모든 문학에는 판타지의 충동과 미메시스의 충동이 혼재되어 있지만, 손홍규 소설이야말로 그러한 두 충동들의 전면적이고 독창적인 결합의 산물이라고 할 수 있다. 일본의 비평가 가라타니 고진은 최근 소설에서 중요한 측면인 역사적·윤리적 상상력이 쇠퇴했기에 근대소설은 종언했다고 주장한 바 있다. 이 주장에 대한 동의 여부와 무관하게, 최근 한국 소

The River of a Thousand Faces

Roh Dae-won (literary critic)

Like the young writer in one of his most signifi-
cant works, "The Marquezian Dictionary," Son
Hong-gyu wished to be a Marquezian,[1] a magical
realist. In his literary works, fantasy and myth al-
ways go hand in hand with history and morality. As
literary critic Kathryn Hume points out, all literature
has the impulse for fantasy and mimesis; but Son's
novels are truly invested in combining the two im-
pulses. The Japanese literary critic Karatani Kojin
recently declared the end of the modern novel, as
evidenced by the waning historical and ethical
imagination crucial to novels. While his argument
may or may not be valid, the intellectual and ethical

설에서도 실제로 지적·윤리적 기능은 유희적·감각적인 기능보다 뒤로 물러서 있는 것처럼 보인다. 손홍규는 이런 상황에서 윤리적이고 역사적인 상상력을 특유의 스타일에 실어 표현함으로써 자신만의 목소리를 내고 있는 진정성 있는 소설가로 인정받고 있다.

손홍규의 「화요일의 강」 역시 마술적 리얼리즘이라는 관점에서 읽어볼 수 있다. 이 소설에서 강은 인간처럼 영혼과 의지를 가진 듯 역동적으로 묘사되어 있어 판타지적 충동이 넘실거린다. 강은 소년들을 유혹하고, 사람들을 집어삼키고, 모래를 채취하는 이들과 싸우는 등 마치 괴물적인 생명체처럼 비유된다. 강물에 휩쓸려 죽은 딸과 그의 아버지의 전설 같은 이야기도 있다. 그런가 하면, 이 소설은 실제로 일어난 역사적 사건을 기록한 글에서처럼 강렬한 미메시스적 충동이 감지된다. 강의 모래 채취에 관한 이야기는 그 자체로도 사실적이지만 동시에 한국의 근대화 역사를 축약한 알레고리처럼 느껴지기도 한다. 주인공의 아버지는 "법의 무법자"인 동시에 "법의 수호자"로서 뇌물을 포함한 온갖 수단을 다 동원해 자신의 목적을 이루려 한다. 강이라는 자연에 대한 인간의 투쟁은 근대의 개발주의와 성장주의 이

role of fiction has indeed taken a back seat to the recreational and sensual in recent Korean fiction. In this context, Son has carved out a place for himself among his contemporaries with sincere narratives that embody his own style of ethical and historical imagination.

"Tuesday River" can be read through the lens of magical realism. The river is personified as an entity with spirit and will that inundates the story with the impulse of fantasy. It lures young boys, swallows people whole, and battles dredgers like a monstrous creature. It serves as the cause and location of a myth-like story about a father whose daughter drowned in it. At the same time, this story exhibits a strong mimetic impulse associated with records of historical events. The element of harvesting sand from the river is realistic, but can also be read as an allegory for the history of Korea's modernization. The father of the protagonist is a "lawless man" and at the same time "the law," using every resource at his disposal, including bribery, to get what he wants. The battle against the river is portrayed as a maniacal race, with the championing of the modern obsession with development and growth, and the drowning of the protagonist's

데올로기를 기치로 내세운 광기 어린 질주이다. 주인공의 조부모가 강물에 익사한 까닭이 무분별한 모래 채취 때문이었다는 것은 자연 파괴에 대한 자연의 징벌로, 생태학적인 해석 역시 가능하다.

이 작품이 처음으로 발표된 해는 이명박이 한국의 대통령으로 집권하던 시기인 2011년이다. 이명박은 건설회사 기업가 출신의 정치인으로, 근대화와 산업화를 주장하며 억압적인 군사 독재를 행했던 박정희에 대한 보수층의 향수를 불러일으킨 것이 대통령 당선의 주요한 계기가 되었다. 이명박은 수십 년 전 개발 독재 시기에나 시행되었던 대대적인 토목건설 사업인 '대운하 공사'를 제안했다. 결국 그는 집권 기간 중 실제로 대운하 사업을 '4대강 사업'으로 이름만 바꿔 시행하여 지식인들과 국민들의 반발을 불러일으켰다. 4대강 사업은 심각한 자연 파괴이자 국고 낭비였기 때문이다. 「화요일의 강」에서 맹렬하게 모래를 채취하는 이들의 모습은 알레고리적 독서를 통해 4대강 사업에 대한 비판으로 해석될 여지가 있다. 또한 이 소설에서 자연을 투쟁의 대상으로 삼아 마구잡이로 개발하고 경제적 이익을 축적하는 남성들의 모습을 통해서 한국 사회에 만연되어 있고

grandparents as a punishment for indiscriminate environmental destruction in the form of dredging.

This story was first published in 2011, during the Lee Myung-bak administration. The former head of a major construction company, Lee won the election by playing to conservative voters' nostalgia for the days of military dictatorship, when political oppression was legitimized for the sake of modernization and industrialization. Lee proposed the "Grand Canal Construction," a construction project with a scale and investment last seen several decades ago during the military dictatorship. Lee faced down great opposition from intellectuals and other citizens by pushing ahead with the project under a different name, "The Four Rivers Project," which inflicted devastating environmental destruction and was a great expense of taxpayer's money. The ferocious dredgers in "Tuesday River" may be read as an allegory that criticizes the Four Rivers Project and the men who seek to accumulate wealth by trying to conquer and capitalize on nature. It speaks to the violence of the modern obsession with development still prevalent in Korean society. The writer's political views are also revealed in references to other events in recent Ko-

여전히 폐기되지 않고 있는 근대 개발주의의 폭력성을 반성하게 한다. 이밖에도 이 소설에는 '구제역'으로 인한 가축의 매몰 및 살처분과 관련한 사회적 풍경이 등장함으로써 작가의 사회적 시선을 확인하게 한다.

손홍규는 「작가의 말」에서 「화요일의 강」이 "선배 소설가들에 대한 오마주"라고 언급했다. 이 말은 구체적이지 않아서 작가의 의도를 헤아리기 쉽지 않다. 다만, 이 소설이 실린 소설집 『톰은 톰과 잤다』에 문학청년의 이야기를 담은 단편소설들이 많은 것을 생각하면, 모종의 단서를 얻을 수 있을지 모른다. 가령, 강의 모래를 채취하는 남자들을 소설가라고 빗댄다면, 강은 정복해야만 하는 문학예술 또는 투쟁해야만 하는 억압적 정치체제로 해석될 수 있다. 손홍규의 선배 세대 소설가들은 "기이한 열정"과 "공포" 속에서 목숨을 건 투쟁을 벌이듯 문학을 해온 것이다. 이에 비해 소설의 젊은 주인공은 중장비 학원에서 포클레인 운전을 배웠다. 이는 손홍규와 같은 젊은 세대가 비교적 사회가 민주화되고 안정된 상황에서 대학에서 정규 교육을 통해 문학을 배운 것으로 풀이된다. 그런 까닭에 젊은 소설가들은 소설 속의 '그'가 "강변에서 가장 피부가 곱고 하얀 소년"이

rean history, such as the killing and burying of live-
stock brought on by foot-and-mouth disease.

In the writer's note in *Tom Slept With Tom*, the
short-story collection containing "Tuesday River,"
Son mentions that "Tuesday River" was written as
an homage to the Korean writers who came before
him. While it is unclear what exactly he meant by
this, the stories of young writers in the collection
provide us with some clues. For instance, we might
assume the dredgers are novelists, and the river
either a metaphor for literature and the arts that
must be conquered or the oppressive political sit-
uation that must be set right. For the generation of
writers that came before Son, writing was a battle
they risked their lives for, seized with an "odd pas-
sion" and "terror." The young protagonist in this
story, on the other hand, learned to operate heavy
machinery at a school, much the same way the
writers of Son's generation learned literature at
universities, under more stable, democratic social
circumstances. And owing to their disparate devel-
opment as writers, the younger generation of writ-
ers has sophisticated styles, like the protagonist in
"Tuesday River," who had "the softest, whitest skin
on the river," but never developed the fierce, all-

었던 것처럼 세련된 스타일을 지녔으되 선배들처럼 사납고 미친 듯한 강렬한 열정을 지니지는 못했다. 세대론의 시각에서 문학에 대한 소설가들의 불가해한 열정에 대한 소설로 읽을 수 있다.「화요일의 강」은 이처럼 역사적 해석, 사회정치학적 해석, 생태학적 해석, 세대론적 문학론 등 독자들의 다양하고 풍부한 해석을 기다리는 손홍규 소설의 수작이다.

consuming passion of the previous generation. From this generational angle, the story can be read as one of the inexplicable passion novelists have for literature. "Tuesday River" is a masterpiece, which invites interpretation from historical, socio-political, ecological, and generational perspectives.

1) This term refers to Gabriel Marquez.

비평의 목소리

Critical Acclaim

다시 말하거니와 이 작가는 '사람'을 말하고 있습니다. 이 작가의 내면은 90년대 중반 학번보다는 90년대 초반 학번에 더 가까워 보입니다. 그러나 90년대 초반 학번의 좌절과 상처는 그것대로 정직하게 드러나 있으면서 새로운 희망의 근거를 찾으려는 몸부림이 또한 작품의 행간마다 절실합니다. 어쩌냐 하면, 인간에 대한 추상적 말놀음에 냉담한 채로 반인간적 세계에 대한 분노와 인간에 대한 애정으로 뒤척이고 있는 작가입니다. 어쩌냐 하면, 사람살이의 간난신고를 정면(正面)하고 직핍(直逼)해서, 사람의, 사람이라는 신화를 가차없이 걷어내고 있음에도 불구하고 사람만이 눈물을 흘릴 줄 안다

This writer explores what it means to be human. His inner world is closer to that of writers who graduated from college in the early 1990s, than those who did so in the mid-1990s. His works bear the scars and despair of the former group, yet his wholehearted struggle to find evidence for hope is palpable between the lines. He is indifferent to abstract wordplay about the human condition, but rather is pulsing with anger toward inhumane acts and with affection for his fellow man. He is a writer who audaciously tears down the myths of man and "humanity" by looking at the trials and tribulations of human life squarely in the face, while neverthe-

는 오래된 희망에 별수 없이 기댈 줄도 아는 작가입니다. 어쩌냐 하면, 절망적 현실을 우아하게 분식(粉飾)하지 않으며, 희망을 갖는 것은 촌스러운 일이 아니라고 믿는 작가입니다.

신형철, 「비인(非人)의 인간학, 신생(新生)의 윤리학」, 손홍규,

『사람의 신화』, 문학동네, 2005.

『귀신의 시대』에서 살아 있는 것도, 죽어 있는 것도 아닌, 삶과 죽음을 구별하지 않는 인물들의 출현은 1960~1970년대에 한국에서 일어난 근대화에 대한 대안적인 시각에서 비롯된다. (……)『귀신의 시대』는 여러 층위에서 갈등의 매듭을 풀고 인간을 위무하는 상엿소리와도 같다. 그리고 궁극적으로 죽음을 풀어낸 이 제의의 과정은, 물이라는 모태적 원형에서 물고기처럼 작고 여린 새 생명이 탄생하는 것을 축원하는 새로운 제의가 된다. (……) 손홍규의 소설은 근대문학이 결코 경험할 수 없는 그 '어떤' 지평, 과거의 양태로만 머무를 것 같은 구술성의 어떤 지평을 담지하려 애쓰고 있다. 그가 상재한 첫 번째 작품집인『사람의 신화』(문학동네, 2005)에서도 이미 신화와 전설 같은 구술 문학 텍스트

less knowing when to rely on the time-honored hope borne of the fact that only mankind is capable of weeping. As a writer, he does not sugarcoat a despondent reality, yet also believes there is nothing unfashionable about having hope.

Shin Hyeong-cheol, "Anthropology of the Non-Human and Ethics of a New Birth," *Human Myths* (Paju: Munhakdongne, 2005)

The characters in Son's *The Age of Ghosts*, neither dead nor alive, who do not differentiate between life and death, represent alternative interpretations of Korean modernization between the 1960s and 1970s. *The Age of Ghosts* is a dirge that resolves conflicts on many levels and gives readers comfort. And this ritual, which is a fundamental examination of death, transforms into a new ritual that hopes for the birth of a new life, as small and fragile as a fish, from the maternal prototype of the water. [...] Son Hong-gyu's novels attempt to pioneer a new landscape of orality, one that cannot be attained within the confines of modern fiction, but which harkens back to past forms. In his first collection, *Myth of Man* (Munhakdongne, 2005), Son was already demonstrating his interest in oral narratives, such as myths and legends.

에 대한 관심이 효과적으로 드러난 바 있다.

허윤진, 「HE, STORYTELLER — 상엿소리를 기록하는 사내」,

손홍규, 『귀신의 시대』, 랜덤하우스코리아, 2006.

이것은 한없이 비속하고 옹졸하고 비루한 반인간·비인간들에 관한 이야기이며, 동시에 잊혀져간 가난과 농촌과 노인과 광주와 도시 빈민과 아픈 사람과 고통받는 타자 들에 대한 이야기이다. 이것이 손홍규 소설집 『봉섭이 가라사대』이다. (……) 그의 소설들에는 분명 전통적 소설 요소들이, 그리고 무엇보다도 이미 일단락된 시대구분법(이를테면 80/90년대) 속에서 시효만료된(듯 취급되어온) 요소들이 빈번하게 등장한다. 이것은 그간 그를 동세대작가들의 경향으로부터 거리 두어 가늠하게 한 이유이기도 했다. 그러나 그가 그 시효만료된 이야기들에 어떻게 미학적 변화에 관한 고민을 덧입히는지, 얼마나 능숙하게 날것의 모던한 언어 사이를 오가는지, 그리고 스스로가 서 있는 시공간을 얼마나 정확히 '좌표화'하고 있는지 등을 알아차린다면, 그는 우리가 알고 있는 그 익숙한 과거에도 현재에도 속한 바 없는 퍽 이례적 작가라는 것에 동의할 수 있을 것이다.

Heo Yun-jin, "He, Storyteller: A Man Who Records
a Bier-Carrier's Song, *The Age of Ghosts*
(Seoul: Random House Korea, 2006)

Son Hong-gyu's short-story collection *Bongseop
Says* is about incredibly devious, small-minded, and
pathetic semi-humans and non-humans, At the
same time, they are about forgotten poverty, farm-
ing villages, the elderly, Gwangju, impoverished
urban populations, the ailing, and the suffering
"other." [...] Traditional fictional elements—and
other elements that seem to have been regarded as
expired, in the conventional sense of identifying
eras, such as the 1980s and 1990s—appear fre-
quently in his novels. This tendency sets him apart
from other writers of his generation.

If we pay attention to the ways Son applies aes-
thetic considerations to these stories, the agility he
demonstrates in navigating the modern language of
rawness, and the precision with which he pinpoints
the time and space in which he stands, we can
agree that he is an exceptional writer, who has
never been part of the familiar past or present.

Kim Mi-jeong, "Between Lowliness and Dignity:
Semi-Humans and Non-Humans Take Off," *Bongseop Says*

김미정, 「비루함과 존엄 사이, 도약하는 반인간·비인간들」,

손홍규, 『봉섭이 가라사대』, 창비, 2008.

이미 여러 차례 말해진 바 있지만 손홍규의 소설에 한결같이 잘 어울리는 단어는 '진정성'이다. 이 단어 하나로 충분하다 싶기도 하지만, 너무 많은 것을 포괄하는 나태한 수식어가 되지 않기 위해서 설명을 시작해야 하겠다. 그는 온 세상이 기를 쓰며 상처로부터 멀어지고 깃털처럼 가벼워지고 있는 것을, 세계가 더 이상 무익한 것에 대해 생각하기를 그치고 절망하기를 멈췄다는 것을 전혀 개의치 않는 사람처럼 군다. 그는 인간이 느끼는 절망과 고독을 빼고는 무엇을 말해야 할지 모르는 것처럼 군다. 손홍규의 소설은 그가 인간은 짐승에 더 가까이 있음의 비참을 아는 데에서 뜨거워지며, 그럼에도 불구하고 가까스로 사람이고자 하는 데서 깊어진다.

강지희, 「성난 얼굴로 돌아보는 오르페우스」,

《실천문학》 2011년 봄호.

소설들 곳곳에서 직접적으로 거론되는 설화적 모티

(Paju: Changbi, 2008)

"Sincerity" is the word that describes nearly all of Son Hong-gyu's works. To elaborate on this somewhat general term, Son does not care that the world is fighting tooth and nail to distance itself from its own wounds and to become as light as a feather, and that the world has stopped thinking unpractical, despairing thoughts. He pretends that he doesn't know what else to write about besides the despair and loneliness of man. Son Hong-gyu's novels become passionate in the tragic realization that humans are closer to animals, yet they delve deeply into the struggle to nevertheless be human.

Kang Ji-hui, "Orpheus Looking Back in Anger,"

Silcheonmunhak, Spring, 2011.

Even without taking into account Son's myth motifs, which are directly referenced in his novels, his world is impossible to describe as anything but magical. In it, people talk to dead grandfathers, who step out of photographs, share a meal with a snake who's about to become an *imugi*, spend a night with a boy who ages in reverse, as a biblical rain comes pouring down. Spider-men, rat-men,

프들은 차치하고라도, 사진 속에서 걸어 나온 죽은 할아버지와 대화를 나누고, 곧 이무기가 될 뱀과 먹이를 나누어 먹고, 나이를 거꾸로 먹는 소년과 신화적인 폭우가 쏟아지는 밤을 같이 보내고, 거미—인간, 쥐—인간, 소—인간, 뱀—인간, 심지어 이무기 사냥꾼까지 등장하는 그의 세계를 '마술적'이라고 부르지 않기는 힘들다. 게다가 그 마술 같은 인물과 이야기들 속에 버젓이 자리한 한국 현대사 100년의 슬프고 거룩한, 혹은 잡스럽고 부조리한 사연들을 '리얼리즘'이라 부르지 않기는 더더욱 힘들다. 그는 분명히 마술적 리얼리스트, 곧 마르케스주의자였다.

김형중, 「출노령기(出盧嶺記)」, 손홍규, 『톰은 톰과 잤다』, 문학과지성사, 2012.

ox-men, snake-men, and even *imugi* hunters roam in his works. And it's even harder to describe the holy, sad, or perhaps trivial and incongruous 100-year-old Korean modern and contemporary history, which serves as the backdrop for the stories of these magical characters, as anything other than realism. Son most certainly is a magical realist —a Marquezian.

Kim Hyeong-jung, "Escape from a Russian Concession,"

Tom Slept With Tom (Seoul: Moonji, 2012)

손홍규

　손홍규는 1975년 전라북도 정읍에서 외아들로 태어났다. 작가가 태어난 마을은 30가구가 채 안 되는 아주 작은 시골 마을이었다. 마을에는 구멍가게조차 없었고 버스도 다니지 않았다. 그런 시골 출신인 까닭에 작가는 같은 세대의 작가들보다는 5년에서 10년 이상의 선배들과 대화가 잘 통하게 되었다고 한다. 게다가 마을 사람들은 모두 머슴 출신으로 아주 가난했다. 힘들게 일하면서도 늘 가난한 마을 사람들의 삶을 보면서 어린 시절 작가는 '펜대만 까닥'하는 일을 해야겠다고 생각했다. 글쓰기를 문학으로 생각한 작가는 시와 소설에 대한 관심을 갖게 되었다. 고등학교는 전주에서 하숙하면서 다녔는데, 이때의 외로움을 달래기 위해 책을 읽고 글을 썼다고 한다.

　작가는 동국대학교 국어국문학과를 입학해서, 주변 학우들이 시와 소설을 창작하는 분위기 속에서 자연스럽게 용기를 얻어 습작을 하게 된다. 그리하여 2001년에 《작가세계》 신인상을 받으며 소설가로 등단한다. 대

Son Hong-gyu

Son Hong-gyu was born in 1975, the only son in a family that lived in Jeongeup, Jeollabuk-do. Jeongeup was a small country village with barely thirty households, no bus service, and not even a mom-and-pop store. Because of his rural, rather outdated background, Son says that he has an easier time talking to those people five or ten years older than ones his own age. As Son grew up watching villagers, who were mostly servants and very poor, struggle with poverty in spite of their hard work, he vowed to find an occupation for himself that involved sitting at a desk with a pen. He attended high school in Jeonju, where he began reading and writing to cope with the loneliness of being separated from his family. And this led to his interest in poetry and novels.

Son entered Dongguk University as a Korean literature major and began to write, with the support of friends who also wrote poetry and fiction. He debuted in 2001 by receiving the *Writer World* New Writer Prize. The 1996 Yonsei University Incident

학생활 중 1996년 연세대학교 사태는, 작가에게 여러모로 기억할 만한 역사적 사건이었던 것으로 보인다. 작가는 본래 이 사건을 장편소설로 쓰려고 했다고 하는데, 단편소설 「갈 수 없는 여름」과 「마르께스주의자의 사전」에서 이 사건이 그려져 있다. 이와 함께 손홍규에게 중요한 역사적 사건의 하나는 '1980년 광주 민주화 항쟁'이다. 군부 정치에 대항해 민주화를 요구하는 시민들을 무차별적으로 학살하고 폭행했던 이 사건은 손홍규의 「사람의 신화」와 「아이는 가끔 돌아오지 못할 길을 떠난다」「최후의 테러리스트」 등에서 그 흔적을 찾아볼 수 있다. 이처럼 한국 현대사에 새겨진 국가 폭력 사건은 손홍규의 초기 소설에서부터 문제의식이었으며 핵심적인 동력으로 작동한다.

손홍규는 2005년에 첫 소설집 『사람의 신화』를 펴낸다. 이 소설에는 역사적 폭력에 의해 사람다운 삶이 유린되는 상황 속에서 인간의 가치를 되묻는 작가의 질문이 들어 있다. 그러한 질문의 결과, 첫 번째 소설집에 실린 소설들에는 스스로를 거미로 믿는 소녀가 등장하거나 불구적인 신체의 주인공이 등장한다. 이는 이제는 낡은 것으로 여겨지는 휴머니즘과 진정성을 복원하기

had left a deep impression on him. Son says he had initially meant to write a novel about the incident, but instead depicts it in his short stories "The Lost Summer" and "The Marquezian's Dictionary." Another important historical event for him was the 1980 Gwangju Uprising. This incident, in which citizens protesting against the military government and fighting for democracy were assaulted and massacred, left their marks in "Myth of Man," "Sometimes He Goes on a Journey With No Return," and "The Last Terrorist." Criticism of the Korean government's violent acts in contemporary history has been the central driving force in Son's works from the beginning.

Son published his first short-story collection, *Myth of Man*, in 2005. The stories contain questions about the value of man under circumstances where human dignity is violated by historical violence. The stories feature a girl who believes she's a spider and a disabled protagonist. They represent the writer's attempts to recover humanity and sincerity —both considered hackneyed values in our times. In 2006, Son wrote his first novel, *The Age of Ghosts*, about the children in the country villages on the Noryeong Mountains. The novel reflects the tradi-

위한 작가 나름의 문학적 전략의 소산으로 보인다. 손홍규는 2006년에 첫 번째 장편소설『귀신의 시대』를 펴낸다. 이 소설은 농촌마을, 노령산맥이 키워낸 땅의 자식들의 삶에 관한 이야기다. 이 소설은 삶과 죽음의 경계를 분리시키지 않는 한국의 전통적인 사생관을 보여주며, 신화와 전설과 같은 구술 문학적인 특성을 지니고 있다.

『봉섭이 가라사대』는 두 번째 소설집으로, 2008년에 출간되었다. 이 책에 실린 단편소설들은 첫 번째 소설집에서 등장하던 '비인간' 또는 '반인간'의 인간학을 이어나간다. 가난하고 고통받는 자들, 주변부 인물, 사회적 약자와 타자 들이 이 소설집의 주인공들이다. 예컨대, 표제작「봉섭이 가라사대」에서 옹삼이는 소싸움꾼이자 소장수로 생김새마저 소를 닮았다. 주인공인 봉섭이는 옹삼이의 말썽 많은 아들이다. 국민의 의사를 무시하고 미국산 쇠고기를 수입하려는 정부에 대한 사회 비판적 시각을 엿볼 수 있다. 이 책을 통해 작가는 독특한 주인공들 이외에 소설의 유머와 희극성을 다루는 재능에 대해 호평받았다. 세 번째 소설집『톰은 톰과 잤다』(2012)에서는 이른바 '마르께스주의자'로서 신화적

tional Korean perception of life and death as not separated by boundaries, and has elements of oral traditions reminiscent of myths and legends.

Bongseop Says, Son's second short-story collection, published in 2008, also engaged with the themes of "non-human" or "semi-human" dealt with in the first collection. The poor and downtrodden, marginalized, social minorities and "others" take center stage. The title piece, "Bongseob Says," is about the mischievous son of Eungsam, a bullfighter and trader who even looks like a bull. The story comments on the Korean government's decision to import U.S. beef with disregard for the opposition of the people. Through this collection, Son's ability to not only invoke idiosyncratic characters, but also handle humor and satire was recognized. His third collection, *Tom Slept With Tom* (2012), reveals his use of "magical realism," that combination of mythological imagination with historical imagination.

Son is as invested in imagining reconciliation and coexistence as with condemning violence and a loss of humanity. *Young Doctor Jang Gi-ryeo* (2008) is a novel based on the life of Jang Gi-ryeo, the "Schweitzer of Korea," who was considered the last

상상력과 역사적 상상력을 결합한 '마술적 리얼리즘'의 문제의식과 기법으로 작가의 독특한 색깔을 보여줬다.

손홍규는 폭력과 비인간성에 대한 문학적 관심만큼이나 치유와 공존의 상상력에도 관심을 기울였다. 『청년의사 장기려』(2008)는 우리 시대의 마지막 성자, 한국의 슈바이처로 불리는 실존 인물 '장기려'의 삶을 입체적으로 다룬 소설이다. 『이슬람 정육점』(2010)은 청소년을 위한 장편 성장소설이다. 한국전쟁에 참전했다가 한국에 살게 된 터키인 하산 아저씨가 한 아이를 입양하면서 생기는 이야기이다. 이 소설에서는 다양한 국가, 종교, 인종에 걸친 등장인물들이 저마다의 상처를 가진 채 살아간다. 작가는 소설을 통해 경계와 상처의 기억을 넘어서는 치유의 상상력을 제시한다. 제5회 제비꽃 서민소설상(2008), 노근리 평화문학상(2010), 제5회 백신애 문학상(2013), 제21회 오영수문학상(2013)을 수상했다.

saint of our time. *Halal Butcher* (2010) is a young adult novel about a Turkish man, Hassan, who fought in the Korean War and later settled in Korea, who adopts a child. In this novel, characters of different nationalities, religion, and race each live with their own wounds. Son invites readers to imagine a remedy that transcends borders and painful memories.

He is the recipient of the 5th Violet Prize for Novels on Commoners (2008), the Nogeulli Peace Literary Award (2010), the 5th Baek Sin-ae Literary Award (2013), and the 21st Oh Yeong-su Literary Award (2013).

번역 **제이미 챙** Translated by Jamie Chang

김애란 단편집 『침이 고인다』 번역으로 한국문학번역원 번역지원금을 받아 번역 활동을 시작했다. 구병모 장편소설 『위저드 베이커리』 번역으로 코리아타임즈 현대문학번역 장려상을 수상했다.

Jamie Chang has translated Kim Ae-ran's *Mouthwatering* and Koo Byung-mo's *The Wizard Bakery* on KLTI translation grants, and received the Modern Korean Literature Translation Commendation Prize in 2010. She received her master's degree in Regional Studies-East Asia from Harvard in 2011.

감수 **전승희, 데이비드 윌리엄 홍**

Edited by Jeon Seung-hee and David William Hong

전승희는 서울대학교와 하버드대학교에서 영문학과 비교문학으로 박사 학위를 받았으며, 현재 하버드대학교 한국학 연구소의 연구원으로 재직하며 아시아 문예 계간지 《ASIA》 편집위원으로 활동 중이다. 현대 한국문학 및 세계문학을 다룬 논문을 다수 발표했으며, 바흐친의 『장편소설과 민중언어』, 제인 오스틴의 『오만과 편견』 등을 공역했다. 1988년 한국여성연구소의 창립과 《여성과 사회》의 창간에 참여했고, 2002년부터 보스턴 지역 피학대 여성을 위한 단체인 '트랜지션하우스' 운영에 참여해 왔다. 2006년 하버드대학교 한국학 연구소에서 '한국 현대사와 기억'을 주제로 한 워크숍을 주관했다.

Jeon Seung-hee is a member of the Editorial Board of *ASIA*, is a Fellow at the Korea Institute, Harvard University. She received a Ph.D. in English Literature from Seoul National University and a Ph.D. in Comparative Literature from Harvard University. She has presented and published numerous papers on modern Korean and world literature. She is also a co-translator of Mikhail Bakhtin's *Novel and the People's Culture* and Jane Austen's *Pride and Prejudice*. She is a founding member of the Korean Women's Studies Institute and of the biannual Women's Studies' journal *Women and Society* (1988), and she has been working at 'Transition House,' the first and oldest shelter for battered women in New England. She organized a workshop entitled "The Politics of Memory in Modern Korea" at the Korea Institute, Harvard University, in 2006. She also served as an advising committee member for the Asia-Africa Literature Festival in 2007 and for the POSCO Asian Literature Forum in 2008.

데이비드 윌리엄 홍은 미국 일리노이주 시카고에서 태어났다. 일리노이대학교에서 영문학을, 뉴욕대학교에서 영어교육을 공부했다. 지난 2년간 서울에 거주하면서 처음으로 한국인과 아시아계 미국인 문학에 깊이 몰두할 기회를 가졌다. 현재 뉴욕에서 거주하며 강의와 저술 활동을 한다.

David William Hong was born in 1986 in Chicago, Illinois. He studied English Literature at the University of Illinois and English Education at New York University. For the past two years, he lived in Seoul, South Korea, where he was able to immerse himself in Korean and Asian-American literature for the first time. Currently, he lives in New York City, teaching and writing.

바이링궐 에디션 한국 대표 소설 080
화요일의 강

2014년 11월 14일 초판 1쇄 발행

지은이 손홍규 | 옮긴이 제이미 챙 | 펴낸이 김재범
감수 전승희, 데이비드 윌리엄 홍 | 기획위원 정은경, 전성태, 이경재
편집 정수인, 이은혜, 김형욱, 윤단비 | 관리 박신영 | 디자인 이춘희
펴낸곳 (주)아시아 | 출판등록 2006년 1월 27일 제406-2006-000004호
주소 서울특별시 동작구 서달로 161-1(흑석동 100-16)
전화 02.821.5055 | 팩스 02.821.5057 | 홈페이지 www.bookasia.org
ISBN 979-11-5662-049-5 (set) | 979-11-5662-054-9 (04810)
값은 뒤표지에 있습니다.

Bi-lingual Edition Modern Korean Literature 080
Tuesday River

Written by Son Hong-gyu | **Translated by** Jamie Chang
Published by Asia Publishers | 161-1, Seodal-ro, Dongjak-gu, Seoul, Korea
Homepage Address www.bookasia.org | **Tel**. (822).821.5055 | **Fax**. (822).821.5057
First published in Korea by Asia Publishers 2014
ISBN 979-11-5662-049-5 (set) | 979-11-5662-054-9 (04810)

바이링궐 에디션 한국 대표 소설

한국문학의 가장 중요하고 첨예한 문제의식을 가진 작가들의 대표작을 주제별로 선정!
하버드 한국학 연구원 및 세계 각국의 한국문학 전문 번역진이 참여한 번역 시리즈!
미국 하버드대학교와 컬럼비아대학교 동아시아학과, 캐나다 브리티시컬럼비아대학교 아시아
학과 등 해외 대학에서 교재로 채택!

바이링궐 에디션 한국 대표 소설 set 1

분단 Division

01 병신과 머저리-이청준 The Wounded-Yi Cheong-jun

02 어둠의 혼-김원일 Soul of Darkness-Kim Won-il

03 순이삼촌-현기영 Sun-i Samch'on-Hyun Ki-young

04 엄마의 말뚝 1-박완서 Mother's Stake I-Park Wan-suh

05 유형의 땅-조정래 The Land of the Banished-Jo Jung-rae

산업화 Industrialization

06 무진기행-김승옥 Record of a Journey to Mujin-Kim Seung-ok

07 삼포 가는 길-황석영 The Road to Sampo-Hwang Sok-yong

08 아홉 켤레의 구두로 남은 사내-윤흥길 The Man Who Was Left as Nine Pairs of Shoes-Yun Heung-gil

09 돌아온 우리의 친구-신상웅 Our Friend's Homecoming-Shin Sang-ung

10 원미동 시인-양귀자 The Poet of Wŏnmi-dong-Yang Kwi-ja

여성 Women

11 중국인 거리-오정희 Chinatown-Oh Jung-hee

12 풍금이 있던 자리-신경숙 The Place Where the Harmonium Was-Shin Kyung-sook

13 하나코는 없다-최윤 The Last of Hanak'o-Ch'oe Yun

14 인간에 대한 예의-공지영 Human Decency-Gong Ji-young

15 빈처-은희경 Poor Man's Wife-Eun Hee-kyung

바이링궐 에디션 한국 대표 소설 set 2

자유 Liberty

16 필론의 돼지-이문열 Pilon's Pig-Yi Mun-yol

17 슬로우 불릿-이대환 Slow Bullet-Lee Dae-hwan

18 직선과 독가스-임철우 Straight Lines and Poison Gas-Lim Chul-woo

19 깃발-홍희담 The Flag-Hong Hee-dam

20 새벽 출정-방현석 Off to Battle at Dawn-Bang Hyeon-seok

사랑과 연애 Love and Love Affairs

21 별을 사랑하는 마음으로-**윤후명** With the Love for the Stars-**Yun Hu-myong**

22 목련공원-**이승우** Magnolia Park-**Lee Seung-u**

23 칼에 찔린 자국-**김인숙** Stab-**Kim In-suk**

24 회복하는 인간-**한강** Convalescence-**Han Kang**

25 트렁크-**정이현** In the Trunk-**Jeong Yi-hyun**

남과 북 South and North

26 판문점-**이호철** Panmunjom-**Yi Ho-chol**

27 수난 이대-**하근찬** The Suffering of Two Generations-**Ha Geun-chan**

28 분지-**남정현** Land of Excrement-**Nam Jung-hyun**

29 봄 실사사-**정도상** Spring at Silsangsa Temple-**Jeong Do-sang**

30 은행나무 사랑-**김하기** Gingko Love-**Kim Ha-kee**

바이링궐 에디션 한국 대표 소설 set 3

서울 Seoul

31 눈사람 속의 검은 항아리-**김소진** The Dark Jar within the Snowman-**Kim So-jin**

32 오후, 가로지르다-**하성란** Traversing Afternoon-**Ha Seong-nan**

33 나는 봉천동에 산다-**조경란** I Live in Bongcheon-dong-**Jo Kyung-ran**

34 그렇습니까? 기린입니다-**박민규** Is That So? I'm A Giraffe-**Park Min-gyu**

35 성탄특선-**김애란** Christmas Specials-**Kim Ae-ran**

전통 Tradition

36 무자년의 가을 사흘-**서정인** Three Days of Autumn, 1948-**Su Jung-in**

37 유자소전-**이문구** A Brief Biography of Yuja-**Yi Mun-gu**

38 향기로운 우물 이야기-**박범신** The Fragrant Well-**Park Bum-shin**

39 월행-**송기원** A Journey under the Moonlight-**Song Ki-won**

40 협죽도 그늘 아래-**성석제** In the Shade of the Oleander-**Song Sok-ze**

아방가르드 Avant-garde

41 아겔다마-**박상륭** Akeldama-**Park Sang-ryoong**

42 내 영혼의 우물-**최인석** A Well in My Soul-**Choi In-seok**

43 당신에 대해서-**이인성** On You-**Yi In-seong**

44 회색 時-**배수아** Time In Gray-**Bae Su-ah**

45 브라운 부인-**정영문** Mrs. Brown-**Jung Young-moon**

바이링궐 에디션 한국 대표 소설 set 4

디아스포라 Diaspora

46 속옷-김남일 Underwear-Kim Nam-il

47 상하이에 두고 온 사람들-공선옥 People I Left in Shanghai-Gong Sun-ok

48 모두에게 복된 새해-김연수 Happy New Year to Everyone-Kim Yeon-su

49 코끼리-김재영 The Elephant-Kim Jae-young

50 먼지별-이경 Dust Star-Lee Kyung

가족 Family

51 혜자의 눈꽃-천승세 Hye-ja's Snow-Flowers-Chun Seung-sei

52 아베의 가족-전상국 Ahbe's Family-Jeon Sang-guk

53 문 앞에서-이동하 Outside the Door-Lee Dong-ha

54 그리고, 축제-이혜경 And Then the Festival-Lee Hye-kyung

55 봄밤-권여선 Spring Night-Kwon Yeo-sun

유머 Humor

56 오늘의 운세-한창훈 Today's Fortune-Han Chang-hoon

57 새-전성태 Bird-Jeon Sung-tae

58 밀수록 다시 가까워지는-이기호 So Far, and Yet So Near-Lee Ki-ho

59 유리방패-김중혁 The Glass Shield-Kim Jung-hyuk

60 전당포를 찾아서-김종광 The Pawnshop Chase-Kim Chong-kwang

바이링궐 에디션 한국 대표 소설 set 5

관계 Relationship

61 도둑견습 - 김주영 Robbery Training-Kim Joo-young

62 사랑하라, 희망 없이 - 윤영수 Love, Hopelessly-Yun Young-su

63 봄날 오후, 과부 셋 - 정지아 Spring Afternoon, Three Widows-Jeong Ji-a

64 유턴 지점에 보물지도를 묻다 - 윤성희 Burying a Treasure Map at the U-turn-Yoon Sung-hee

65 쁘이거나 쓰이거나 - 백가흠 Puy, Thuy, Whatever-Paik Ga-huim

일상의 발견 Discovering Everyday Life

66 나는 음식이다 - 오수연 I Am Food-Oh Soo-yeon

67 트럭 - 강영숙 Truck-Kang Young-sook

68 통조림 공장 - 편혜영 The Canning Factory-Pyun Hye-young

69 꽃 - 부희령 Flowers-Pu Hee-ryoung

70 피의일요일 - 윤이형 BloodySunday-Yun I-hyeong

금기와 욕망 Taboo and Desire

71 북소리 – **송영** Drumbeat-**Song Yong**

72 발칸의 장미를 내게 주었네 – **정미경** He Gave Me Roses of the Balkans-**Jung Mi-kyung**

73 아무도 돌아오지 않는 밤 – **김숨** The Night Nobody Returns Home-**Kim Soom**

74 젓가락여자 – **천운영** Chopstick Woman-**Cheon Un-yeong**

75 아직 일어나지 않은 일 – **김미월** What Has Yet to Happen-**Kim Mi-wol**